달빛을 깨물다

시작시인선 0293 달빛을 깨물다

1판 1쇄 펴낸날 2019년 6월 17일
1판 3쇄 펴낸날 2020년 2월 12일
지은이 이원규
펴낸이 이재무
책임편집 박은정
편집디자인 민성돈, 장덕진
펴낸곳 (주)천년의시작
등록번호 제301-2012-033호
등록일자 2006년 1월 10일
주소 (03132) 서울시 종로구 삼일대로32길 36 운현신화타워 502호
전화 02-723-8668
팩스 02-723-8630
홈페이지 www.poempoem.com
이메일 poemsijak@hanmail.net

ⓒ이원규, 2019, printed in Seoul, Korea

ISBN 978-89-6021-430-9 04810
       978-89-6021-069-1 04810(세트)

값 10,000원

달빛을 깨물다

이원규

천년의
시 작

시인의 말

지리산 21년, 별똥별처럼 스치었다.

이전과 이후는 어차피 일가친척,
꿈인 듯 차마 꿈이 아닌 듯
10년 동안 걷고 걸으며 세상 공부를 하고
10년 동안 생의 한 수 한 수를 복기하며
전국 오지의 야생화와 별들을 찾아다녔다.

좀 더 아프고 외롭고 가난한 길,
핸드폰 꺼놓고 안개와 구름 속에 잠복하거나
산마루에서 야영하며 홀로 별밤을 모시느라
너무 자주 사람의 도리를 다하지 못했다.

11년 만의 시집, 너무 빠르지도 늦지도 않을 것이다.
처음 말을 배우는 아이처럼 안부를 묻는다.

2019년 푸른 산빛을 보며
예술곳간 몽유에서

차 례

시인의 말

제1부 시를 태워 시가 빛날 때

겁나게와 잉 사이

전라도 구례 땅에는 비나 눈이 와도
겁나게와 잉 사이로 내린다

가령 섬진강 변 마고실의 뒷집 할머니는
날씨가 쫌만 추워도, 겁나게 추와불고마잉!
리어카 살짝 밀어줘도, 겁나게 욕봤소잉!
강아지 짖어도, 고놈의 새끼 겁나게 싸납소잉!

조깐 씨알이 백힐 이야글 허씨요
지난 봄 잠시 다툰 일을 얘기하다가도
성님, 그라고 봉께 겁나게 세월이 흘렀구마잉!

궂은일 좋은 일도 겁나게
잠자리 떼 날아도 겁나게와 잉 사이로 날고
텔레비전 인간극장을 보다가도
새끼들이 짠해서 으짜까잉! 눈물 훔치는
너무나 인간적인 과장의 어법

내 인생의 마지막 문장
허공에 비문을 쓴다면 이렇게 쓰고 싶다
그라제, 그라제, 겁나게 좋았지라잉!

흑염소

염소는 먹성이 좋다
종이를 먹고 달력 신문을 먹고
시 소설 외국어 교과서 가리지 않고
빽빽한 글씨들의 풀밭에서 자근자근
이빨로 혀로 뿌리까지 읽는다

지구에서 책을 먹는 족속은 책벌레 염소 사람뿐
나 또한 문청 시절 염소 눈을 흘기며
이성복 첫 시집을 먹고
토씨 하나 빼놓지 않으며 메헤 메헤에
신경림을 먹고 백석 네루다를 먹고
쌀 떨어진 자취방에서 종이만 먹었다

잉크 냄새 자욱한 도시
일간지 월간지 밤새 되새김질하다
술을 마시고 또 마셔도 자꾸 목이 말라
책이란 책 다 버리고 지리산에 왔다
내리 삼 년 문수골 피아골 계곡물을 마셨다

족필足筆로 쓴 나의 풀밭은 올해도 흉년

이제는 내가 나를 먹어야 할 차례
배고픈 흑염소 한 마리 바위산에 오른다

시를 태워 시가 빛날 때

젖은 장작은 말수가 적어
이 세상의 신문은 불쏘시개로 태어났다
외설적인 정치면과 다이어트 중인 문화면
노안의 글씨는 작아도 거짓말처럼 화력이 좋지만
엄동설한에 솔가리며 신문지마저 떨어지니
소지를 올리듯 문예지를 태운다

표지는 뻣뻣하고 목차는 미끄러워
문화예술의 연기인지 그을음인지
과묵한 장작은 쉬쉬 거품을 내뿜지 않는다
재생 속지의 보드라운 수필을 훑어보다
엄살 심한 문장을 찢어 아궁이에 넣으니
글자들끼리 서로 간질이며 타오르고
때로 쉬운 것이 더 어려운 비평의 요지는
같은 대학 다녔어요 술친구예요
후배인지 제자인지 나랑 사귈까요
활발발 문맥의 얼굴 비비며 불타오른다
숲만 무성한 소설은 울울 오래 타고
불통의 시를 한글로 재번역하며
궁시렁 궁시렁 아궁이에 집어넣으니

숨 가쁜 산문시는 더 빠르게
여백이 있는 시는 그래도 좀 천천히
촌철의 시는 문득 푸른 불꽃을 일으키는데
어쩐지 낯익은 나의 시 세 편은
혈흔 지문 발자국도 없는 완전범죄

미적 거리가 가깝거나 너무 멀거나
영하 십 도의 겨울밤 계간 문예지의 다비식은
자꾸 눈이 맵고 얼얼해지는 것이어서
시를 태워 시가 빛날 때
구들방 아랫목이 먼저 후끈 달아올랐다
안방 솜이불을 걷어 젖히자
나이테 무늬 장판 위에 상형문자 같은
검붉은 불도장이 찍혀 있고 오리무중
매캐한 연기에 유리 창문 열다 보니
안과 밖의 경계 그 차고 흰 얼굴
원고지 천삼백 장 분량의 성에꽃이 피었다

물에 찔리다

아무래도 너무 멀리 온 게 분명해
지천명의 강변에 서서
저 바람의 손바닥에 두 뺨을 내주고
목울대 꺼이꺼이 무릎을 꿇는다

저 환한 능소화에 눈멀지 못하고
이 달콤한 꽃향기에 숨 멎지 못하고
저 여린 풀잎에 피 한 방울 내주지 못하고
이 슬픈 여자에게 더 깊이 중독되지 못하고

물속에도 뼈가 있어
눈물의 염전에는 안구건조증의 소금 뼈
내 심장의 증기기관차에는 고드름 칼
혈관은 얽히고설킨 녹슨 철삿줄
부드러운 혀마저 급속 냉동된 흉기

이도 저도 아닌 후안무치의 사내가
벼랑 끝 희푸른 달빛 가발을 덮어쓰고
눈구멍 안쪽의 얇고 작은 눈물뼈
누골漏骨에 대해 생각한다

죽염 처사

성큼 난바다에서 걸어 나와
지리산 대숲 속으로 사라진 사람

풍장의 자세로
생피와 살가죽을 말리며
오래된 포유동물의 몸을 벗고
오직 희디흰 뼈의 정신으로

대나무 마디마디 삼년불비우불명三年不飛又不鳴
결가부좌에 들었다가
곧바로 황토 가마
소나무 장작불 속으로 뛰어들었다

온몸에 송진 바르고
아홉 번 다비식을 치렀으니
피는 좀 더 맑아지고
두 눈과 콧구멍은 뻥 뚫렸는지

비로소 흰 뼈에 무위의 그늘이 들어섰는지

별다방

저 멀리 빛난다고 다 별빛은 아니었네
점촌 역전 골목의 지하 다방
그녀의 청보라 스웨터에 별들이 반짝거렸지
한번 불붙으면 펄펄 뛰는 팔각 성냥갑
달달하게 녹기 전에는 날 세운 각설탕

오빠야, 내도 차 한 잔 마실게
옆자리 앉자마자 허벅지 쓰다듬으며
근데 얼굴이 캄캄한 오빠는 뭐 하는 사람?
나야 뭐, 지하 막장에서 벼, 별을 캐지
아, 죽어야만 2천만 원짜리 그 막장 꺼먹돼지!
그래 그래 별마담, 커피 두 잔 부탁해

철없는 시인이 되었다가 폐광하고
경제학 원론을 불태우던 그 시절
지하 1층 별다방에서 별똥별을 보았지
밤마다 9톤의 별들에게 다이너마이트 터뜨리며
지하 700미터 막장에서 운석을 캐냈지
오후 네 시에 팔팔 항목으로 들어가
자정 무렵 시커먼 포대 자루로 기어 나오면

코피처럼 폐석처럼 쏟아지던 별빛들

세상도 나도 너무 밝아져 다 식어버렸네
지천명 넘어서야 밤의 지리산 형제봉
해발 1100미터 산마루에 홀로 누워
아득하고 아련한 별빛들을 소환하네
아주 가까이 빛나던 것들은 모두 별빛이었지

아궁이 속에 집 한 채

내 한 몸 덥히는 일이 만만치 않다
겨우내 장작을 구하고
아궁이 속에 야금야금 군불 지피며
이내 목숨 버티는 일이 결코 만만치 않다

전남 나주의 한옥 목수 김민성 형이
지리산 폐가 한 채를 트럭에 싣고 왔다
섬진강 첫 매화 필 때까지
시커먼 서까래 각목 소나무 기둥
아궁이 속에 집 한 채가 다 들어갔다

한 삽 재에 문고리 꺾쇠 꼬부라진 대못
집이 집을 먹고도 겨우 아랫목만 따스하다니!
여차하면 겨우내 솔숲 하나
일생 동안 지리산을 다 삼키겠다

지구는 이미 오래된 불구덩이
가마솥에 물이 펄펄 끓어도
사람이 사람을 먹고 겨우 한 사람만 배부르듯
도시가 농촌을 먹고 겨우 한 끼 밥상을 차리듯

자본이 지구를 먹고 겨우 주식 상한가를 치다 말듯

블랙홀 그 사건의 지평선에서
결 다른 문짝이나 어깨를 건 실강처럼
나를 지펴 당신을 태우고 불태워도
사리는 고사하고 녹슨 나사못 하나 안 보이니
어느 날 문득 당신과 나는 아무 상관없겠다

아궁이 속에 다시 불타는 집 속에서

길잡이

강 따라 산 따라 길 따라
모든 순례는 사전 답사로 시작된다

밥을 주면 밥을 먹고
돌을 던지면 그 돌을 맞을지 피할지
잠자리 뒷간을 미리 살펴야 한다
도보순례 삼보일배 오체투지
밀짚모자 순례자는 마냥 따라가면 되지만
길잡이의 10년 비밀 지도는
늘 이전이 아니라 이후가 걱정

점심이 아니라 저녁밥을
밥이 아니라 잠자리 천막을
잠이 아니라 발바닥 물집과 무릎 연골을
출정식이 아니라 마무리 회향식을

한때 내 직업은 순례단 총괄팀장이었지만
인생길에는 사전 답사가 없다
나보다 한발 앞서간 길동무들
저승 답사 팀은 아직 돌아오지 않았다

몽유운무화

몸이 무너져야 비로소 보이는 것들

너무 쉬운 여자는 지루하고
너무 뻔뻔한 남자는 지겨워서
저잣거리는 침침하고
산중 헤매는 것도 심심해서

7년 동안 모터사이클 타고 멸종 위기 야생화를 찾아다녔다

바위 뒤에 숨은 아이
산그늘에 깊이 무너진 남자
아예 얼굴을 지워버린 여자

안개 치마를 입고 구름 이불 덮어쓴
몽유운무화夢遊雲霧花
저 홀로 훌쩍이는 꽃을 찾아
지구에서 달까지 38만 4300킬로미터

오지의 야생화들이 병든 나의 폐를 살렸다

별빛 한 짐

두 눈이 나빠져도 별은 보인다
빗점골에 쏟아지는 별빛이 아까워
늦가을 다람쥐처럼 한 자루 가득 채웠다

이역천리 서울 가는 길
깡마른 몸 지게에 별빛 한 짐 지고 갔더니
와 이리 캄캄하노?
철 지난 노래처럼 슬슬 눈길을 피했다
인사동 뒷골목엔 내다 버릴 곳이 없었다
그래, 서울이 좀 더 밝아졌을 뿐이야
노안의 두 눈을 질끈 감고
풀이 푹 죽은 별빛 한 자루를 둘러맸다

지하철 3호선 심야 고속버스 갈아타고
까무룩 섬진강 집으로 돌아오니
아내가 다람쥐꼬리를 감추며 말했다
에휴, 쌀자루에 쌀은 안 담아 오고
전기밥솥 코드를 뽑아버렸다

며칠 굶는다고 아무 데나 거미줄 치랴

자정 넘어 섬진강 백사장에 나가
풀이 푹 죽은 별빛 자루를 열자마자
호르르 반딧불들이 날아올랐다
쥐 나도록 쪼그려 앉았다 일어서는데
어찔 비칠 현기증이 일었다
생각보다 아주 가까이 별들이 빛났다

밥맛

지화자, 좋다 몽! 애들아, 밥 먹자
설날 아침에 대견한 강아지를 부르자
흰 꼬리 부채질에 눈발이 날린다

문득 한 생각이 일어 사료 두 알 먹어봤다
푸석한 것이 어디 혓바닥뿐이랴
무심코 내뱉은 말에도 독이 있고
눈길 손길 마음결에도 악취가 나겠지만

내가 먼저 밥맛을 보고 준 적이 없다
내가 먼저 개처럼 킁킁거리지 못했다

이 땅의 누군가 개밥을 주듯이
나에게 불쑥 찬밥을 내밀 때
어머니처럼 먼저 쉰 맛이라도 보았는지
자꾸 궁금해지는 정월 초하루
네 발의 기억으로 개밥을 먹는다

아무래도 이승의 공짜 밥을 너무 많이 먹었다

물앵두

저무는 섬진강 변에 앉아
물, 물, 물 발음하면 물고기 입술이 된다

나이 들수록 살가운 물의 가족들
물매화 물봉선 물푸레 물메기 물까치
봄물 오르는 고로쇠나무에 기대면 침이 고인다

물앵두는 벚나무와 일란성쌍둥이
언제나 열흘 먼저 물앵두 꽃이 핀다
청보라 염료인 버찌를 외면하고
숙취 해소에 좋은 달달하고 빨간 물앵두를 따 먹다가

불의 시대를 살다 간
별명이 하필 '물봉'인 김남주 시인을 생각한다
난생처음 검은 양복을 입고
망월동 묘지에 하관하던 그날부터
물, 물, 물 자꾸 목이 말랐다

낮고 굵직한 육성은 열흘 먼저 꽃을 피우고
마흔아홉 살의 물앵두
이보다 더 붉은 심장을 본 적이 없다

먹구름 우산

누군들 일단 피하고 싶지 않으랴
퉁퉁 불은 우동 발 같은 소낙비
물까치 떼도 산중 외딴집으로 날아드는데
모터사이클 시동을 걸다가 서쪽 하늘을 본다
시속 43km로 몰려오는 먹구름
우비를 입을까 저 구름을 우회할까
정면 깊숙이 통정하고 말 것인가
오후 3시 광주의 시 낭송 선약쯤이야
비구름의 명에 따라 취소하고
기수를 돌려 동쪽으로 내달린다
구름보다 바람보다 더 빨리
빗줄기의 결을 따라 시속 130km로 달리면
물오른 능수버들 연초록 가지들이
이마를 때린다 척척 목을 휘감는다
이 뭐꼬, 기막힌 문장이지만 질문이 필요 없다
왜 달마가 동쪽으로 갔는지
아직 그 누구도 알아내지 못했으니
그 또한 일단 소낙비부터 피했을지 모르는 일
마침내 앞바람 앞 구름을 따라잡았으니
서서히 비가 그치고 동쪽 하늘이 열린다

그런데 여기는 대체 어디쯤인가
몽유병처럼 구름의 길만 보고 내달리다
하동을 지나친 것은 분명한데
당산나무 아래 모터사이클 세우고 돌아본다
구름의 퉁퉁 불은 젖을 빨며 소낙비가 따라온다
담배 한 개비 꺼질 때까지 기다리다
다시 먹구름 우산을 덮어쓰고 달린다
부르튼 입술에 모처럼 생젖이 돈다

단지 그 물맛이 아니었으므로

전라선 밤 기차를 타기 직전이었다
단지 물맛이 그 물맛이 아니었으므로
서울 역전 파출소 앞 지하도에서 세상의 가장 얇은 이불
98년 5월 8일자 신문을 덮어쓰고 누웠다가
벌떡 일어나 생수병의 맑고 찬 소주를 마셨다
사표를 던지고 빙하기의 바퀴벌레 더듬이를 세운 채
서소문 빌딩 8층 내 의자에서 아주 잘 보이는
서울역 노숙자로 스며든 지 열흘째 밤이었다
이만하면 됐다, 시인 박봉우식의 서울 하야식!
환멸의 도시를 떠나는 게 아니라 나도 나를 못 믿겠으니
제발이지 불귀 불귀 불귀, 주문을 외며
하나 남은 더듬이마저 담뱃불로 지져버리고는
전라선 구례구행 밤 기차에 올랐다
바로 어젯밤 같은 20년 전의 일이었다
나이 들수록 단지 물빛은 그 눈빛이 아니었으므로
겨우 맑은 물 한 모금 마시러 지리산까지 왔다
어릴 적 밤마실 나가던 청상과부 어머니
하내리의 참샘에서 맨 먼저 길어 와
장독대 위에 올리던 하얀 사발 속의 정화수
바이칼 호수의 만년설이 녹은 물

그 차고 맑은 물 한 모금의 눈빛은 아닐지라도
고운 선생의 세이암 아래 두 귀를 씻고
달빛 어른거리는 당몰샘의 천년고리 감로수
생니 시린 해발 1320m 임걸령의 옹달샘
빗점골 폭포수와 칠불사 찻물 한 바가지
첫 햇살 받으며 똑똑 떨어지는 서출동류 석간수
그 물 한 방울의 목소리 들으러 섬진강까지 왔다
큰 산 푸른 숲의 배꼽에 얼굴을 묻고
입술 부르튼 고라니가 와서 마시고
혓바닥 마른 산새들이 먼저 와서 마시는
맑은 물 한 모금이 되려고 전라선 밤 기차에 올랐다

별빛 내시경

눈을 감아야 보이는 것들
도시를 꺼야 비로소 보이는 것들이 있다
반딧불이 은하수 가물가물 첫사랑의 눈빛
두 눈이 멀기 전에 캄캄한 곳으로 가자
예감의 더듬이 다 바스라지기 전에
오지 마을로 별빛 사냥을 가자
네온사인 가로등 텔레비전 핸드폰
별 볼일 없는 세계 최악의 빛 공해 나라
밝아도 너무 밝아 생각은 먹통이고
사랑과 혁명도 시청률이 다 정해져 있더라
한반도 밤의 위성사진이 캄캄한 곳
진안 봉화 영양 인제 개마고원 백두산
북간도의 명동촌 윤동주 생가에 가보자
고흐의 별이 빛나는 아를 카페거리
생레미 생폴 정신병원도 너무 밝아졌더라
나는 왜 무엇으로 언제 어떻게 어디로 가는지
동해선 종단 열차를 타고 고성 원산 청진
북두칠성 삼태성에게 물어나 보자
울다가 휙 노려보던 당신의 눈초리
별빛을 사냥하다 슬그머니 별들의 포로가 되자

바이칼 호수에서 맨 처음 목욕재계하듯이
산꼭대기에서 훌훌 옷을 벗고
기막힌 정수리에서 용천혈까지 별빛 샤워를 하자
하룻밤 굶으며 위내시경 검사를 받고
오금 저리도록 별의 별의 별의 별 침을 맞아보자

시묘살이 하듯이

강원도 평창의 작은 절 아래
차고 습한 골짜기로 숨어들었다
꽃 한 송이 옆에 두고 텐트를 쳤다

연초록 왕관을 쓰고
붉은 립스틱 짙게 바른 물매화
텐트를 치고 시묘살이 하듯이
꽃이 피고 또 질 때까지
라면 소주로 끼니를 때웠다

추울 때 춥고 더울 때는 더 더워
난감한 살붙이 석회암 지대
빙하기 때 남하한 꽃들의 피난처
시묘살이 하듯이
나는야 나의 시절 나만의 꽃으로
나도여로 참작약 백부자 복사앵도 산분꽃나무
석회암 뼝대 위에 동강할미꽃

지리산에서 강원도까지 촌수가 멀지 않다

오디

섬진강 변 861번 지방도
모터사이클 내달리며 오뉴월 강바람을 마시는데
이 뭐꼬?
물까치 떼가 새똥 세례를 퍼부었다

헬멧 유리창의 새똥을 왼손으로 문지르자
온 세상이 보랏빛으로 변했다

아하, 내 고향 뽕나무에도 오디가 익어가겠구나!

엄마는 콩나물 팔러 점촌 장에 가고
나는야 고갯마루에 밀린 공납금 봉투로 주저앉아
가은중학교를 내려다보았다
동무들이 공부 다 마치고 돌아올 때까지
오디를 따 먹으며
청보라 입술을 깨물며

살다 보니 척 보면 알 만한 것들
외사촌 누이 영애도 청보라 스웨터를 입고 죽었다

밥상머리 시학

물 마실 때는 물만 생각하고
밥 먹을 때는 오로지 밥만 생각하자
약속 시간 배신감 대출이자 성적을 내려놓고
꼭꼭 씹으며 어느 동네 뉘 집 쌀인지
쌀자루에 새겨진 본적지를 살펴보자
어금니로 잘박잘박 씹다 보면 단물이 고이면서
고향의 모내기 철 무논이 떠오를 것이다
소낙비 내리고 개구리가 울고
새벽 물꼬 보러 나가는 외할아버지 장화 소리
밥상 위에 논밭이 올라와 다시 낙동강이 흐른다
그러니까 멸치조림 먹을 때 멸치 눈을 피하지 말자
너도 참 먼 길 돌아서 왔구나
친구들과 남해 바다 헤엄치며 놀다가
바늘코 촘촘 그물인지 지족마을 죽방렴인지
잡히자마자 화탕지옥 가마솥에 들어가고
다시 뙤약볕에 일가족 풍장이라
이 동네 저 골목 마트며 슈퍼를 떠돌다가
프라이팬 위에서 청양고추 올리고당 액젓에 버무려지며
죽어서도 몇 생을 돌고 돌아왔으니
멸치야, 너나 나나 팔자 한번 고약하구나

미안하다 멸치야, 비로소 너는 나고 나는 너
너를 먹고 뼛속까지 단단해지면
깊푸른 바다의 기억으로 다시 헤엄칠 수 있으리니
배추를 먹으며 고랭지 비탈 배추가 되고
딴마음 누르며 물 한 모금 마실 때
지리산 생수인지 삼다수인지 발원지를 떠올리면
밥상머리에 동해 푸른 파도가 출렁이고
금수강산 한반도와 초록 별이 생생할 것이니
밥 먹을 때 밥만 생각하며 밥을 먹으면
밥상 위에 시공초월이 따로 없고 수사학이 무색하다
식사 시간 더 오래 걸리지도 않으니
구두 신을 때 구두 뒤축의 행로를 생각하고
운전할 때 엔진과 타이어의 노고를 치하하자
시라는 짐승은 밥상 너머 이국에 살지 않으니
잠자리에서 다른 여자 떠올리지 말고
오랜만이야 친구, 술 마시다 자꾸 핸드폰을 보지 말자
밥상머리가 어긋나면 자꾸 생의 창자가 꼬인다

제2부 늙은 감나무가 말했다

붉은 달

섣달 보름밤
35년 만의 개기월식을 보다가
그날 밤 그 사람을 만났다

지구의 슬픈 그림자를 저 혼자 다 덮어쓴 여자!

네 어무이, 어데 갔노?

구레나룻 아저씨를 처음 보았다
구랑리역 솔숲의 청설모는 알아도 다섯 살의
나는 아버지가 아버지인 줄 몰랐다

해 질 무렵 비칠비칠 산 그림자로 내려와
네 어무이 어디 갔노? 자, 장에 갔는데요
엉거주춤 털보 아저씨가 나를 껴안았다
진갈색 장난감 말 한 마리 쥐어주고
구랑리역 캄캄한 솔숲으로 꼬리를 말아 넣었다

강변 자갈 마당엔 쉬쉬 장작불이 타오르고
마을 사람들은 부고장도 없이 화장을 했다

그날 이후부터 털보도 구레나룻도 모르는 나는
네 어무이 어디 갔노? 이 말 한마디
생의 첫 선물인 진갈색의 말 한 마리
고무공 움켜쥐고 쉭쉭 펌프질이나 하면서
뒷다리 용쓰는 장난감 말을 타고 달렸다

어머니는 저승 삼팔장에 가신 지 스물두 해

아버지 나이보다 열 살 더 먹도록

나는 장난감 말 대신 모터사이클 갈아타고

지구 스물일곱 바퀴, 무장무장 백십만 킬로미터를 달렸다

네 어무이 어디 갔노, 또 어디 가노?

말을 타고 말을 찾아 헤매는 기마족이 되었다

달빛을 깨물다

살다 보면 자근자근 달빛을 깨물고 싶은 날들이 있다

밤마다 어머니는 이빨 빠진 합죽이였다
양산골 도탄재 너머 지금은 문경석탄박물관
연개소문 촬영지가 된 은성광업소
육식 공룡의 화석 같은 폐석 더미에서
버린 탄을 훔치던 수절 삼십오 년의 어머니
마대 자루 한가득 괴탄을 짊어지고
날마다 도둑년이 되어 십 리 도탄재를 넘으며
얼마나 이를 악물었는지
청상의 어금니가 폐광 동바리처럼 무너졌다

하루 한 자루에 삼천 원
막내아들의 일 년 치 등록금이 되려면
대봉산 위로 떠오르는 저놈의 보름달을
남몰래 열두 번은 꼭꼭 씹어 삼켜야만 했다

봉창 아래 머리맡의 흰 사발
늦은 밤의 어머니가 틀니를 빼놓고
해소 천식의 곤한 잠에 빠지면

맑은 물속의 환한 틀니가 희푸른 달빛을 깨물고
어머니는 밤새 그 달빛을 되새김질하는
오물오물 이빨 빠진 합죽이가 되었다

어느새 나 또한 죽은 아버지 나이를 넘기며
씹을 만큼 다 씹은 뒤에
아니, 차마 마저 씹지 못하고
할 만큼 다 말한 뒤에 아니, 차마 다 못하고
그예 들어설 나의 틀니에 대해 생각하다
문득 어머니 틀니의 행방이 궁금해졌다
장례식 날 대체 어디로 사라진 것일까
털신이며 속옷이며 함께 불에 타다 말았을까
지금도 무덤 속 앙다문 입속에 있을까

누구는 죽은 이의 옷을 입고 사흘을 울었다는데
동짓달 열여드렛날 밤의 지리산
고향의 무덤을 향해 한 사발 녹차를 올리는
열한 번째 제삿날 밤이 되어서야 보았다
기우는 달의 한쪽을 꽉 깨물고 있는, 어머니의 틀니

참빗

엉긴 머리 뒤통수에 보름달이 떴다
얼레빗으로 가릴 수 없는 원형탈모증의 달

황토재 소나무 그 언약의 생가지를 꺾어놓고
밤길 도와 산 사나이 기다리던 어머니
긴 머리 풀어 참빗으로 동백기름 곱게 빗다가
멍하니 첫날밤의 옥비녀만 매만졌다

니 아부지는 볼쎄 죽었다, 니도 알제?
장발 머리 그대로 군대 끌려가더니
바리캉 들이미는 병장을 후려치는 바람에
영창 대신 사흘 만에 귀향한 막내아들
움푹 팬 앞머리 쓰다듬으며
니 아부지는 지서에 불 지르고 월악산 갔데이

심장병으로 입원한 문경병원
기나긴 생의 머리카락 다 잘린 뒤에도
막내야, 내 참빗 어디 갔노?
세상 곳곳에 도사린 이를 잡아내듯
거친 숨결 고르던 대나무 참빗

삼우제 지내며 마지막 큰절 올리고
1924년 1월 15일 생일마저 1926년 4월 18일로
일생 잘못 살아온 어머니
그 주민등록증을 품고 지리산까지 왔다

한식날 무덤가에서 아버지보다 더 허연 머리
참빗으로 세상 맞바람의 결을 빗는다

말하는 개

때로 서열은 평화의 맨얼굴
우리 집에도 서열 1위 집사람 아래
고양이 별이와 아리수와 호랭이
강아지 얼씨구와 좋다 몽 그 아래 7위까지
일단 서열이 정해지니 전쟁 끝이다

구례 읍내 왕돈가스 집에서
서열 1위 혼자 솥뚜껑만 한 돈가스를 먹다가
이모, 남은 것 좀 싸주세요
아, 개 주게? 손 빠른 이모님이
옆 테이블 돈가스까지 비닐봉지에 싹 쓸어 담자
아, 그 개 말고 우리 집에 말하는 개!

그날 이후부터 짖는 개와 말하는 개가
돈가스를 다정하게 나눠 먹으며
사진을 찍다가 이따금 오물오물 시를 쓴다
앞마당 매화도 제 순서대로 피는 봄날이었다

빈손

겨울 산정에 올라 별 사진을 찍었다

일생 가난한 시인의 빈손
밤새 별빛 어루만지던 차디찬 손

몸살의 그대 뜨거운 이마를 가만히 짚어줄 뿐

물고기는 죽어 두 눈을 부릅뜨고

물이 무서운 아내는
사주팔자에 물 가까이 살아야 한다
십오 년 섬진강 변에 살아도
절대로 발목 이상을 담그지 못하는 아내는
하동수영장에서 두 눈 감고 철벅거리다
한 달 만에 아주 잠깐 물 위로 떠올랐지만

물고기는 죽어서도 두 눈을 부릅뜨고
여보, 여보옷! 주방에서 숨넘어가는 소리
십중팔구 생선 눈동자와 마주쳤을 것이니
나는 페이스북에 은하수 사진을 올리다 말고
자유형의 날치처럼 도루하는 야구선수처럼
주방 싱크대까지 달려간다

수시로 아내를 겁박하는 수상한 물고기
고등어 눈 삼치 눈 오징어 먹물 눈
세상 도처의 눈알을 손톱으로 파내지만
물이 무섭고 물고기 눈이 무서운 아내는
수시로 나에게 도끼눈을 치켜뜬다
연애 시절부터 나의 망망 소심을 알아챈 것이니

살아생전 물고기 눈을 포기한 지 이미 오래

내 영정사진으로 싱싱한 방어 눈을 남겨야겠다

늙은 감나무가 말했다

고향 하내리의 감나무를 찾아갔더니
네 청춘의 떫은 땡감들을 싹 다
누구에게 떠넘기고 왔냐며 호통을 쳤다

늙어가며 밑동 시커멓게 비우는 것은
행여나 유정란을 품기 위해서라고
내 고향 하내리의 늙은 감나무가 말하자

감나무 아래 검은 혓바닥을 내밀며
폐타이어가 물었다
네가 지나온 길 다 기억하냐고
설 때 서고 급가속 할 때마다
아스팔트 위에 찰거머리처럼 달라붙어
생살 생피의 지도 한 장 그려두었다고

다시 하내리의 늙은 감나무가 말했다
네 인생의 홍시들을 싹 다
어디에다 팔아먹고 반백으로 왔냐고
참깨밭에서 나보다 젊은 엄마가 벌떡 일어섰다

적막

개가 짖는다고 따라 짖으랴

그 뉘시오?
외딴집 앞마당에 홍매화 피는지
강물 속으로 황어 떼 오르는지
바람결에 킁킁거릴 뿐

혀를 말아 넣은 지 오래
자라목 내밀며 섬진강을 바라본다

귀신

밤길에 뒷덜미 서늘한 곳이 있다
외딴길 상엿집이나 무당집
동네 처녀 목을 맨 당산나무 그늘 아래
머리카락이 쭈뼛 서는 곳이 있다

오금 저리도록 밤비 내리면 오빠 오빠
부르는 소녀였다가 응애응애 우는 아이였다가
팔이 없는 머슴이었다가 외눈이었다가
생과부 외삼촌 애빨치였다가 툭하면
산골짜기 습한 텐트를 찾아와
알몸으로 누웠다가 안개처럼 사라지는 처녀 귀신
고목 옹이에서 빠끔히 내다보는 나무귀신

낯선 동네 들어설 때마다 귀신이
살 만한 곳부터 둘러본다 먼저
안부를 묻지만 귀신들은 통 말이 없거나 문장이 짧다
혀가 잘렸거나 손가락이 문드러졌기 때문이다
살아남은 자의 말은 거의 거짓말
온 나라 곳곳에 학살 터 아닌 곳 없으니
정신이 쭈뼛 일어선다

귀신은 잡귀가 아니라 귀한 신
세상 도처 너무 잘 아는 얼굴들
밤길 가는데 흰 꽃잎 하나가 어깨를 툭 친다

섬진강 첫 매화

백운산 햇살이 저의 흰 붓을 들어
에헤라 노아라
소학정의 백 년 매화나무를 지목하자

저요, 저요
허리춤의 잔가지 하나가 번쩍 손을 들었다
해마다 맨 처음
보살도 아니 부처도 아닌 것이
시무외인施無畏印의 오른손을 들었다

아직은 소한 대한의 뼛골 시린데
어쩌자고 대체 어쩌라고
검지 손톱의 꽃망울 처녀 하나
빨간 내복 윗도리를 벗기 시작했다

데미샘에서 망덕포구 오백삼십 리
언 몸 풀던 섬진강이 침을 꼴깍 삼켰다

첫 경험

옛날 야설에 침 중의 제일은 살송곳이라 하였거늘

산복사꽃 피는 피아골 열두 굽잇길
나의 흑마 모터사이클 타고 룰루랄라 달리는데
입속으로 토종벌 한 마리가 날아들었다
퉤퉤 내뱉기도 전에 혀를 쏘이고 말았으니
첫 경험의 통증이야 견딜 만한데
뻐근한 혓바닥이 슬슬 붓기 시작하더니
한 말 포대 자루가 됐다

나의 고백 나의 노래가 이랬을까
도대체 말을 해도 말이 되지 않았다

지천명의 얼굴에 도화살이 올랐지만
파업 중인 혓바닥
핸드폰 끄고 시 낭송 행사도 취소하고
벙어리 냉가슴으로 묵언의 하루를 보냈다

입산 20년 만에 침 중의 제일은 봉침인 줄 알겠다

그리 살모 안 됩니데이!

엄마가 죽는 순간 나는 뱀이 되었습니다
엄마는 결국 나 때문에 죽었지만
나는 결코 엄마를 죽이지 않았습니다
살모사라는 나의 이름도 모른 채
난태생으로 배 속에서 알즙만 먹었지
엄마의 양수는 탐하지 않았습니다
축 늘어진 엄마의 일생은 출산 후유증일 뿐
나는 결코 엄마를 죽이지 않았습니다
사실은 배고픈 날이 더 많았으며
들쥐며 개구리를 잡아도
아플까 봐 씹지 않고 그냥 삼키고
배부르면 더 이상 사냥하지 않았습니다
늦가을 독이 바짝 오르면 나도 나를 믿지 못해
땅바닥을 파고 동안거에 들었습니다
나보다 적게 먹고 더 적게 싼 적이 있는지요
넉 달 동안 그 독을 다 짜 먹을 때까지 버티다가
참꽃 피는 봄날에 겨우 기어 나오면
마구 돌멩이를 던지며 지게작대기로 후려쳤지요
단 한 번도 내가 먼저 공격한 적이 없는데
살모사 사, 살모사닷!

당신의 입에서 진짜 뱀의 혀를 보았습니다

나는 경상도 촌놈 출신입니다만

당신이 함부로 뱉은 침이 독침

그리 살모 안 됩니데이!

살모사라 부르니 살모사로 살아볼까 목하 고민 중입니다

축지법

윤 도사가 사라졌다
입산수도 7년 동안 묵언하며
저 홀로 백척간두 범바위
공중 부양 축지법을 연마하더니
화식火食을 멀리하고
솔잎이며 둥굴레 칡뿌리만 캐 먹으며
초식 내장의 고라니 똥을 누더니

갈수록 산짐승의 몸은 축나고
말을 해도 도대체 말이 되지 않았다
온종일 중중무진 단전에 모아도
단 한 뼘 떠오르지 않았다
누린내 풍기며 헐헐 웃기만 하더니
절벽 아래 오소리 굴에서 식은땀만 흘리더니

태풍 루사를 따라 홀연히 사라졌다
지리산 북사면이 산사태로 무너지던 날
과연 명당은 천하 명당이었으니
오소리 굴 잠자리가 곧 저의 무덤
몸은 그대로 두고 공중 부양에 성공했다

나의 지리산 입산 20년

돌아보니 마음은 그대로 두고

누더기 몸만 죽어라 내달린 도로 축지법

소주 생불

입산 3년 만에 주먹밥이 떨어졌다
피아골 비밀 아지트에서 막 동면을 끝내고
반달가슴곰의 부스스한 얼굴로 하산하는 길
서굴암 석실의 약수터에서 물 한 모금 마시는데
주먹 크기의 모조 금동불상 아래
시주금 1만 8300원이 놓여 있었다
그 어떤 노할매의 간절한 기도일까
애써 외면하며 돌아서는데
금동부처가 자꾸 불콰한 소주병으로 보였다
돈 안 벌고 못 벌고 돈 안 쓰며
산짐승처럼 살다 보니 단 한 푼도 없었다
한참 내려오다 돌아가 날름 3000원을 훔쳤다

외곡검문소 앞 슈퍼에서 소주 두 병을 사니
도둑놈의 걸음걸이가 경쾌해졌다
피아골 피아산방에서 이승의 마지막 술이려니
일단 소주 한 병을 목구멍 폭포에 털어 넣으니
초승달이 뜨고 자꾸 저승 새가 울었다
서굴암 석실 속의 모조 불상이 생불처럼 보였다
아직도 한 병, 일곱 잔 반이 남았으니

하루에 한 잔, 티스푼으로 떠 마시는 술마저 아까웠다

지리산하 외딴집에서 마지막 한 잔 마시는데
거짓말 좀 보태 58분 47초가 걸렸다
목마른 병아리처럼 쇠젓가락으로 찍어 마시니
어느새 입속은 소주 바다, 혓바닥은 해일주의보
단 한 잔만으로도 알딸딸하니 극락의 잠이 들었다

가출

탯줄도 없이, 모든 출가는 가출의 자식이 아닌가
고교 일 학년 봄 소풍 때
산죽 밭에서 보물찾기 하다가
해발 팔백 고지의 만덕사로 사라진 나도 그렇고
지리산 외딴집에 잘 살던 수탉마저
집을 나가 돌아오지 않으니
지난밤 살쾡이에게 목울대 내주었거나
거짓말처럼 훨훨 야성의 새가 되었을 것이다

그러니까 출출가는 또 가출의 손자
삼 년 전에 집을 나간 뒤
여태 돌아오지 않은 잡종 사냥개 산이는
제 이름을 따라 입산 들개가 되었거나
19번 국도 질주의 스포츠카 앞바퀴에 치였거나
보신탕집 감나무 아래의 소신공양으로
누군가의 불콰한 정력이 되었거나

분지의 대구 문청 시절의 그날 새벽
허물 벗듯이 자취방을 나간 스물두 살 애인은
삼거리 포장마차에서 그 누군가를 만나

사내란 사내는 다 똑같은 놈!
취한 척 아무하고나 신접살림을 차렸거나
탯줄도 없이 가지산 어느 암자에 들어가
오늘도 철없는 나를 위해 기도할지 모르지만
가출하지 않았다면 부처나
예수도 별 볼일 없는 사내였을 것이다

그건 그렇다 치고 이 시를 읽는
당신이나 나나 집 나온 지 참 오래됐구나

늑막에 달빛 차오르다

까마귀 제삿날
장기하와 얼굴들이 노래를 부른다
달이 차오른다 가자, 달이 차오른다 가자

훨훨 구천 건너간 어머님 생신날
순천 성가롤로병원에도
정월 대보름달이 솟아오르고
막내아들 콜록거릴 때마다
구멍 뚫린 폐 속에도 달빛 차오르고

늑막 깊숙이 주사기 호스를 꽂고
740밀리리터의 달빛을 뽑아내고 보니
달에게도 불타는 달집이 있었다
아홉 달 동안 내 몸속에 잠복해 있었다

남몰래 피오줌을 흘리며
활활 결핵성늑막염의 달집이 타올랐다

제3부 일생 단 한 편의 시

뒷집 소녀 때문에

기필코 좋은 시를 써야겠다
섬진강 변 녹차밭 대밭 옆으로 이사 온 뒤
집들이 꽃놀이 밤새 너구리처럼 술만 퍼마시다
뒷집 소녀 때문에 시를 써야겠다

평균연령 71세의 강 마을에
쫑알쫑알 아이 목소리가 들려
필름 끊긴 창문을 열고 헛기침을 하니
강아지 얼씨구와 놀던 아홉 살 소녀
먹포도 두 눈을 반짝이며 인사를 한다

아찌, 정말 시인이세요?
두 눈이 빨개, 밤새 시 쓰다 나왔어요?

슬그머니 눈곱을 닦으며
마침내 이 질문에 답하기 위해
일생 단 한 편의 좋은 시를 써야겠다
오로지 뒷집 귀농자의 딸 가연이 때문에

김길순
—일생 단 한 편의 시 1

소돌마을 오 씨 할머니
열여섯 살 꽃가마 타고 북한강을 건너
첩첩산중 오씨 집안에 시집오니
시부모는 맹인 부부, 허우대 멀쩡한 신랑은
밤마다 가평 청평 천하의 마작꾼이었다

세상천지 캄캄한 시어머니 손을 잡고
북한강 변에 나와 매운탕 끓이며
일평생 까막눈으로 자식들을 키웠다

칠 남매 자슥들 대학까정 공부시켰지만
글쎄, 지들은 글자 하나 안 갈차주더라!

85년 만에 소돌마을회관 책상에 엎드려
연필에 침 발라가며 한글을 배우는데
난생처음 자기 이름 석 자 써놓고
아이고 어매, 아이고 어매요 엉엉 울었다

일생 단 한 편의 시
내 어머니의 이름은 김기순
오 씨 할머니의 본명은 김길순이었다

발톱마다 꽃 등불
―일생 단 한 편의 시 2

저승에선 산 사람의 발톱만 보인다는데

하늘재 아래 여든아홉 살의 속골댁
다저녁때 해진 버선을 벗다 말고
하이고, 남사시러버라!
몽당 빗자루 두 발을 감춘다

할매요 이 뭐꼬, 바람났능교?
손톱도 아이고 열 발톱에 봉숭아 꽃물 들였능교?
산 아래 삼팔장에 콩 팔러 간 할배야
하마 오십 년도 넘었는데 또 누구를 기다리능교?

아이다, 야야, 그기 아이다
대문 밖이 구천인데 내사 뭘 더 바라겠노
한평생 고무신 털신 행여나 오밤중에 버선발로 지새다
이래 못난 발톱에 삼세판 봉숭아 꽃물 들이뿌니

홀로 저승길, 저 캄캄한 길도 인자 꽃 등불 환하다카이!

연필 지팡이
—일생 단 한 편의 시 3

남해군 삼동면 지족리
일생 마늘밭 시금치밭 매던 할머니
행여나 길 잃을까 고쟁이 속에 부적처럼
딸내미 주소 전화번호를 품고 살았다

뭐라쿠네, 내는 안 갈끼다!
삼동보건소에서 난생처음 한글 배우더니
꼬부랑 할머니 백일장에 나오셨다

선상님이 단디 갤차주니
종이 쪼가리에 글씨를 다 써보고
지팡이 대신 고물 유모차 밀고 댕기다
턱하니 연필 지팡이를 짚고 보이
허이구메, 놀래 자빠지겠다!
병원 간판 부산 가는 버스도 이래 다 보이고
온 시상이 확 달라졌다 아이가?

제목 '연필 지팡이'를 보는 순간
내 인생의 붓이며 볼펜 만년필은 숨이 턱 막히고

삼만 리 걸으며 애써 다듬은

마지막 족필足筆마저 오금이 저렸다

소쩍새의 길
—일생 단 한 편의 시 4

섬진강 변 용두리 뒷집 할머니
밤마다 백 살 먹은 먹감나무 찾아오는
소쩍새를 두고 한 말씀 하시는데

에라이, 저눔의 새 새끼
왜 저러코롬 울고 자빠지는지 아요?
밤 열 시에 내 염장 질러로 온당께
반평생 내 혼자 사는지 다 암시롱
지 혼자 짝을 찾겄다고 고약하니 울고잉
테레비 끄고 잠들라 함시롱 쳐들어와
한 식경 또 지랄 염병 겁나게 울어쌓다가
강 건너 훨훨 문척 안지마을로 간당께

내 다 알제라, 훤하게 알고말고잉
저눔의 소쩍이가 워디 워디로 밤마실 댕기는지
으미 흐미, 오줌보 터져불겄네잉

저승엔 주소가 없다
—일생 단 한 편의 시 5

탯줄을 끊고 열아홉 번 이사를 했다
지리산에서만 여덟 번 빈집을 떠돌다
백운산 토끼재길 외딴집에 들었으니
이승의 본적이야 분명한데
현주소는 갈수록 무성한 가시덤불

저승에 가서도 자주 이삿짐을 싸야 할지
포항 죽도시장의 어묵 할매가 말했다

지녁 묵었는기요?
내사 마 속 시끄러버 몬 산다
서방 곡소리 난 지 오십 년
가로늦게 글자를 다 배웠다카이
생과부 명줄 맨키로 할 말이 쎄리삣다
인자 서방 원망도 다 꺼꾸라졌으니
우야노, 우짜믄 좋겠노?
억수로 보고 잡다고, 우짜든지 쫌만 더 기다려달라꼬
부지깨이로 핀지를 쓰면 또 뭐 하겠노?

저승의 새파란 서방님은 주소가 없다카이!

송아지
—일생 단 한 편의 시 6

지리산 산내초등학교 일 학년
한글 배운 지 겨우 여섯 달 된 촌놈이
백일장에서 시 제목 송아지를 썼다

　송아지의 눈은 크고 맑고 슬프다
　그런데 소고기 국물은 맛있다
　난 어떡하지?

단 세 줄짜리 생태시를 읽는 순간
이 뭐꼬?
한국 현대시는 잡설인가 요설인가

나의 시력 35년은 시력을 잃고
노안의 노트북 한글 자판은 오리무중이었다

순례자의 양말
—일생 단 한 편의 시 7

강물 따라 삼천리 길 걸을 때
묵언 직전에 수경 스님이 말했다

이왕지사 물 살리자고 나선 길
세수 빨래도 하지 말자
대운하 반대니 운동이니 다 내려놓고
강물처럼 흐르면서 온몸 더러워지자

땀에 젖은 양말 햇볕에 말리며
한 열흘 정도 신었더니
던지면 장화처럼 벌떡 일어섰다
코골이 발꼬랑내 강변 천막의 밤

양말들이 아장아장 걸어 다녔다

우렁 각시
—일생 단 한 편의 시 8

우리 뒷집에 우렁 각시가 산다
나 없는 사이에 텃밭 잡초를 뽑아주고
소낙비 내리면 빨래 걷어 차곡차곡
툇마루에 콩자반 물김치를 가져다 놓고
싸리비로 골목길 낙엽을 쓰는 여자

한여름 마당에 훌러덩 등목하다 돌아보면
돌담 위 감나무잎 사이 눈빛 마주치는
두 볼 발그레 복사꽃이 피는 여자

산동댁의 잡초와 쓰레기와
한없이 게으른 나의 애틋한 풀꽃과 낙엽
서로 관점이 좀 달라도 좋았다

어머니와 갑장인 할머니
남편 보내고 삼십 년 은어 맛을 못 봤으니
낡은 투망으로 섬진강 보리은어를 잡아주고
연사흘 산비탈에서 주운 알밤 다섯 포대
오토바이에 싣고 두어 번 구례장에 팔아주면
새벽 툇마루에 막걸리 한 병 열무김치 한 사발

나의 우렁 각시 꼬부랑 할머니는
날이 갈수록 허리 펴기 힘들어지고
나는 자꾸 허리 구부리기 힘들어지는데
그 머시냐, 나도 한 방 박아달랑께
내 죽어 나자빠질 때 거는 사진!

아직 젊은 서방이 되어 영정사진을 찍는다
김치이 물김치, 뒷집 할머니를 표절한다

산자야 누님
—일생 단 한 편의 시 9

인도의 스승 스와미 데바난다가 말했다
산자야, 나의 어린 양 그대의 이름은 산자야니라
그대는 별과 함께 바람처럼 자유로우리라
만나자마자 갈퀴손으로 정수리 덮으며
단 한 번 불러준 그 이름
그녀의 손금이 바뀌고 맨발의 지도가 그려졌다

용인수도원의 사회복지사 산자야 누님
아침 댓바람부터 콧구멍 벌렁거리며
호스피스 병동 이층 복도를 걸어간다
이 세상 어디에도 죽을 곳이 없어
수녀원에서 때를 기다리는 무산자 할머니들
눈을 감고 코로 스윽 둘러보기만 해도 다 보인다

어이구, 저 이쁜 소녀가 물똥을 쌌구마이
냄새만 맡아도 나가 다 안당께
좀 작작 처묵어라, 이놈의 할망구야
시방 똥 싸놓고 머시 부끄러버 낯짝 빨개지능겨?
허허 웃으며 기저귀를 갈아준다
저승길 앞두고 된똥 황금똥을 싼 구순의 할머니에게

아이구 이뻐라, 축하혀 축하헌다고라
할매야, 씨원하제?
그려, 갈 때는 이렇게 확 싸불고 가는 것이여

수녀원의 복지사 산자야 누님이 말했다
보이는 게 다가 아녀, 인생은 냄새여 똥 냄새!
내장과 마음과 숨 거둘 시간까지 다 보인당께

고목
—일생 단 한 편의 시 10

세상도 사람도 도대체 컹컹 수컷뿐이라예!

지리산에 깃든 마흔일곱 살 미옥 씨
홀로 아이 둘 키우며 요양보호사 자격증을 땄다
악양골 화개골의 할매 할배 찾아가
삐걱대는 관절 주무르며 딸이 되고 아내가 되어
목욕시켜 주고 장도 봐주는데

읍내 다방 아가씨며 술집 마담이며
천하의 난봉꾼 목통골의 그 영감
마누라 죽자 잘 걷지도 못하고 치매에 걸리더니
봄날 오후에 벌떡 일어났다

임자, 너무 외로워 천날만날 몬 살겠어
저 산도 팔고 땅도 팔아 고마 내 다 주께!
칠순 영감이 옥이 씨 두 손 잡고 매달렸다
화악, 신고합니데이!
충혈된 눈빛 뿌리치며 대문을 나서는데

친정 홀아버지 생각에 코끝은 찡하고

십 리 벚꽃 길 고목 옆구리에 불끈 벚꽃은 또 피고

순자 씨의 마네킹
—일생 단 한 편의 시 11

거제도 한복집 순자 씨는
앉은자리 그대로 일평생 바느질을 했다
저린 다리 주무르며 치자꽃 저고리 연분홍 치마
밤새 한 벌 다 지을 때마다 맨 먼저
사지 멀쩡한 마네킹의 알몸부터 가려주었다

거제 앞바다에 비바람 불어도
한 벌 또 한 벌 갈아입힐 때마다
아이들의 키는 쑥쑥 자라고
순자 씨 대신 입은 한복이 수천 벌
마네킹은 날마다 선녀였다 황진이였다가
양귀비였다 수줍은 새색시였지만
순자 씨는 바느질 자세 그대로 망부석이 되었다

병실 찾아온 다 큰 자식들 성화에
33년 세월의 현대고전한복 간판 내리던 날
부라더미싱 반짇고리 어루만지다
이삿짐 트럭 시동 거는 소리에 내다보니
짐칸 고무 밧줄에 사지가 묶인 마네킹
비뚜루 서있는 여인과 두 눈이 딱 마주쳤다

아저씨, 잠깐, 잠깐만요 일어서는데
소아마비 한쪽 다리가 풀썩 주저앉았다
점점 멀어지는 마네킹을 부르며
자야, 순자야, 안순자!
난생처음 제 이름을 부르며 우는 새였다

마지막 밀어
—일생 단 한 편의 시 12

솜털 보송보송한 그 소녀에게
삼십오 년 지나도록 차마 못다 한 말
돌담길 앵두나무 아래 파묻은 고백이 있었다

늑대면 어떻고 도둑놈이면 어떻고
요즘 말로 물안개
물론, 안 돼, 개새끼야, 라면 또 어쩌랴

한때는 부끄러웠던 고향의 탯말
경상북도 문경의 표준어로
죽기 전에 꼭 해주고픈 밀어가 있었다

이리 둔누봐여, 오빠를 그키 몬 믿어여?

정남진
―일생 단 한 편의 시 13

그리운 것들은 남쪽으로 손을 내민다
나의 두 귀도 쫑긋 정남진으로 쏠린다

올랑가, 말랑가, 으짤랑가
오래 바라보면 그곳으로 가게 돼있다
강물도 남해 섬섬으로 흐르고
온종일 갯벌에 뿌리박고 기다리는 사람들

니 가슴팍에 뽀짝 앵기고 싶당께

몸속 나이테도 자꾸 한쪽으로 쏠리고
맨발이 시린 겨울 철새들에게
아야, 밥은 묵고 댕기냐?
살가운 전라도 탯말로 자꾸 말을 걸고 싶다

내 인생의 그림책
—일생 단 한 편의 시 14

이 땅의 모든 어머니는 원래 화가였다
고추 배추씨를 뿌리고 호미질하면
온 동네 밭들은 저마다 한 폭의 그림
날마다 다른 빛깔의 명작이었다

농투산이 지아비와 더불어
봄날 무논에 어린 모를 심으면
서 마지기 하늘빛 도화지엔 아직
어린 자식들의 연푸른 목숨들이 자랐다
일평생 흙가슴에 괭이질 써레질
맨손 맨발로 그린 그림은 식솔들의 고봉밥

부여군 송정 그림책마을 어르신들
칠팔십 넘어서야 낫이며 빗자루 잠시 내려놓고
한 자루 필생의 붓을 들었다
마침내 내 인생의 그림책 스물세 권
저마다 한 권씩 맨 처음의 작가가 되었다

이 땅의 농사꾼은 원래 대자연의 설치미술가였다

각시붓꽃
—일생 단 한 편의 시 15

산중 오지 마을 논골 습지에
저 홀로 울먹울먹 먹을 갈아놓고
남몰래 보랏빛 붓으로 편지를 쓴다

각시여, 나의 각시여
해마다 제자리에 자음 모음 열흘을 망설이다
꽃잎 하나 지우며 겨우 한 획을 긋다 말고
내년 이맘때 다시 붓을 들리라

나는 아무래도 너무 자주 흘림체로 휘갈겼다
이 산 저 산 앉은뱅이 각시들
모두 이어보면 무슨 뜻이 될까
십 년 걸어도 도무지 해독할 수가 없다

그대 또한 봄밤의 두더지처럼
이불 속에서 돌아누우며 끄응 쉼표를 찍고
나 또한 지리산하 섬진강 변에서
털썩 무릎 꿇으며 별똥별의 한 획을 긋는다

각시여, 나의 각시여 이 무슨 상형문자인가
세상 떠돌며 울먹울먹 먹을 갈아도
끝끝내 못다 쓸 나의 족필足筆 한 자루

몽필생화
—일생 단 한 편의 시 16

황산 북해빈관에서 하룻밤 묵었다
아직 어린 여섯 살의 이태백이
붓끝에서 꽃이 막 피어나는 꿈을 꾸었다는데
그 생화를 손으로 만지려다 깬 뒤부터
시라는 짐승을 만나기 시작했다는데
지천명에 처음 오른 황산에서
거대한 붓바위 끝의 천년송을 보자마자
어릴 적 현몽을 다시 보는 듯해
그 이름을 몽필생화夢筆生花라 지었다는데
믿거나 말거나 그날부터 비몽사몽
명시들이 술처럼 술술 걸어 나왔다는데

나는 연태고량주를 들이마셔도 취하지 않았다
서해대협곡을 다 걷느라 녹초가 됐지만
나 홀로 벼랑 끝에서 비틀비틀 밤을 새며
늦가을 황산의 몽필생화를 바라보았다
아무리 손 내밀어도 붓바위 꼭대기
모조 소나무 한 그루 잡히지 않고
몽몽 지리산에 돌아와도
아직 어린 이태백의 꿈은 선명한데

내 마른 붓끝에선 꽃 한 송이 피지 않았다
비 오면 날궂이 하듯이 산에 올라
안개와 구름 속에 내 얼굴을 가리고
아무도 봐주지 않는 야생화를 찾아다녔다

빗속에 텐트를 쳐놓고
온몸에 슬슬 푸른 이끼들이 자랄 때까지
내 파산의 붓 대신 중고 카메라를 들이밀었다
기어코 시라는 짐승 한 마리 찍어보려고
안개 속의 야생화 몽유운무화를 찾아 헤맸다
때로는 총총 별나무가 솟아올랐지만
가시 박힌 검지에 검붉은 꽃
밤마다 몽지생혈夢指生血만 피어올랐다

제4부 예전엔 미쳐서 몰랐어요

촌두부

한 십 년 내리 걸었더니
무릎 연골에서 맷돌 가는 소리가 났다

가는 곳마다 콩 타작을 하는지
강원도 황지연못에서 낙동강 을숙도
강화도 애기봉전망대에서 부산 금정산
너무 오래 집을 비웠다가
녹슨 가마솥 뚜껑을 열어보니
순두부처럼 물렁물렁한 몸

삼베옷 갈아입고 아랫배 묵직하게
묵언의 맷돌부터 꾹 눌러야겠다
좀 더 단단하고 구수해질 때까지

현몽

난생처음 용꿈을 꾸었다
문수골 외딴집에서 내려다보니
섬진강 푸른 물길이 몸을 몇 번 뒤척이더니
번쩍 청룡의 눈을 떴다 슬슬
물안개 차오르자 온몸 흰 비늘의 백룡으로 나투더니
그예 아침노을 빛나는 황룡이 나르샤
지리산 노고단을 단숨에 오르는
꿈인 듯 차마 꿈이 아닌 용꿈을
서울 떠난 지 딱 19년 만에
광화문 세종대왕상 아래서 직접 보았다

처음엔 하나 둘 셋 애만 쓰는 사족인 줄 알았다
고속버스 지하철 타고 온 사람들
백 명 천 명 그물 속의 이무기인 줄 알았다
서로 잘 몰라도 손잡고 춤추고 노래하며
사족의 사족의 사족의 걸음걸이로
오만 십만 백만 천만 개의 촛불을 켜자
전국 거리마다 꿈틀대며 빛나는 황금 비늘들
21세기 지구 맨 처음의 황룡이 나르샤

일하며 밥하며 사랑하며
저마다 하나씩의 용 비늘 문신을 새겼다
여차하면 다시 이 땅에 청룡 백룡 황룡이 나르샤

땅 멀미

시베리아 흑두루미가 돌아왔다
순천만에 내리자마자 뚜루루 멀미를 하고
낙동강도 흐르다 합천보에서 부글부글
메스껍다 어지럽다 초록색 멀미라니!

블라디보스토크에서 이르쿠츠크까지
횡단열차 타고 사흘 밤낮 흙피리를 불다가
두 발 내리는 순간 대륙이 비틀거렸다
70년 섬나라 다람쥐가 난생처음 땅 멀미를 했다
홍콩에서 네덜란드 로테르담까지
지리산 촌놈이 세계지도를 들여다보며
남지나해 인도양 홍해 수에즈운하 지중해 대서양
현대 상선 콜롬보호에서 내리자마자
로테르담의 땅바닥이 솟구치고 유럽이 출렁거렸다

네덜란드 노숙인보다 더 가난한 시인
싸구려 위스키 병나발을 불다 쓰러졌다
일생 흔들리는 것이 체질이었으니
잠시 멈추는 순간 북극성도 초점이 흐려지고
죽음보다 더 좋은 멀미약은 없으니

걷고 달리며 사랑하고 싸우며 날마다 흔들릴 뿐

이별은 사랑의 뱃멀미
시혼은 가난과 외로움의 차멀미
촛불은 부패와 역주행의 땅 멀미
통일은 레드콤플렉스와 무기상의 밥 멀미
혁명은 자본주의와 갑질의 사람멀미

지리산에 살다 잠깐 서울에 가면
이명인지 헛것인지 지진 나고 화산 폭발하는 듯했다
오직 멀미의 힘으로 지구는 돌며 전속력으로 나아간다

일가친척 다람쥐

마지막 기마족이 되고 싶었다
말 대신 모터사이클 타고
일평생 내달리고 싶었지만 나의 조국엔
오매불망 초원이 없으니
국도 지방도 비포장길이 나의 탯줄

누가 뭐래도 기마족이 되고 싶었지만
얼떨결에 새의 종족이 되었다
대구 문인수 시인이 낡은 원두막을 찾아와
섬진강 내려다보며 잎새주를 마시다가
악필의 당호 물마루를 써주며
신작시 「새들의 흰 이면지에 쓰다」에서
나를 두고 새의 종족이라 명했다

하지만 다람쥐야, 내 고향 앞산의 다람쥐야
말도 아니고 새도 아닌 나는
너와 더불어 하루 종일 쳇바퀴만 돌렸다
대륙행이 거세된 삼팔선 아래 섬나라
35년 동안 110만km, 지구 27바퀴를 돌렸다
다람쥐야, 늙은 상수리나무 둥치의 구멍 집

아무리 숨어도 채 5분을 참지 못하고
반드시 그 구멍으로 되나오던 다람쥐야
낚싯대 끝에 매단 투명 올가미로
줄무늬 모가지를 낚아채는 순간
아등바등 퇴로 없는 일가친척 다람쥐야

그날 이후부터 주야장천
108마력의 슬픔으로 쳇바퀴를 돌렸다

갑장 시인 귀하

아침엔 서쪽으로 달리고 오후엔 동쪽으로 내달린다
나의 모터사이클 교본 제1장 1절이다

아침에 동해 일출로 날 부르지 마라
두 눈이 부셔 잘 안 보인다
북촌 까마귀 홍준아, 밀양 퇴로리의 응인아
우포늪 마을 이장 창재야
서해 노을 역광으로 날 부르지 마라
목포 기관차 관서야, 광주 쑥대머리 수행아
봄이면 꽃길 따라 북상하고 가을엔 단풍의 속도로 남하
한다
나의 모터사이클 교본 제2장 1절이다

한겨울 눈보라로 날 부르지 마라
강화도의 왼손잡이 연습 중인 민복아
인제의 사자후 혁소야, 남원 범실의 효근아
서울의 흰 그늘 용미야, 녹천 마초 대송아
영화 독립군 중목아, 춘천 막국수 호필아
안동의 권정생표 꺼먹 고무신 상학아

미안하다 갑장 시인들아
부산 갈매기 정원아, 만주 사나이 영희야
응교야, 인태야, 정배야, 병근아, 주일아, 동균아
십 년에 얼굴 한 번쯤 보다가는
저마다 낯선 표정의 가랑잎만 지겠구나
범띠 가스나 범띠 머시매야
소띠 토끼띠 호적상 잘못 엮인들 어떠랴
언제나 교본에도 격외론은 있는 법
굳이 부르지 않아도 지구 역주행의 자세로 달려갈 것이다

나의 애마 중고 모터사이클을 타고
비바람 눈보라 역광을 맞으며
좀 더 춥게, 좀 더 아프게, 좀 더 눈이 부시게

바람 불어 너도나도 바람꽃

밤의 휘파람을 부니 밤바람이 분다
간절히 바라노니 봄바람이 불어온다
파풍破風의 대숲 성난 깃털을 쓰다듬으며
수다쟁이 봄바람이 창문을 두드린다
오래 잊었던 눈짓 손짓의 살가운 부채질
그날 밤 살구나무 아래 꼴깍 침 넘어가던 소리
하릴없이 손가락 관절만 꺾던 소리
부끄러워 눈썹까지 이불을 끌어올리던
신열의 달뜬 너도바람꽃
삼십 년 전의 봄바람이 불어온다
입술 닿은 자리마다 후끈 열꽃이 피어난다

환갑 바라보며 속살 깊이 되새기는
변산바람 풍도바람 너도바람 나도바람
만주바람 꿩의바람 홀아비바람 남바람 들바람
세바람 회리바람 태백바람
하많은 내 생의 바람꽃들에게
그래, 나쁜 놈이야 나는, 두 무릎 꺾는다

간절히 바라니 다시 봄바람이 분다

시베리아 바이칼 호수의 자작나무

그 숲속에서 불던 흙피리 소리 이제야 당도한다

저 바람이 데려오다 흘린 낙엽 하나

오늘 밤은 또 어디에서 잠드는지

흰 목덜미 돌아온 옛 바람들에게

푹 젖은 낙엽의 혀를 내밀며 안부를 묻는다

네가 바라니 나도 바라는 너도나도 바람꽃

죽을 때까지 제발 죽지 마

애타게 밤의 휘파람을 부니 봄바람이 불어온다

환계還戒

한번 날아오른 철새는 돌아보지 않는 법
천 길 벼랑의 폭포수처럼 길 떠나며
어느 따뜻한 겨울 산기슭 바위에 기대
꾸벅꾸벅 졸다가 죽고 싶다고 했다

이미 오래전부터 산중 촌로로 돌아가
배추 농사 지으며 살고 싶다더니
환갑 넘어 기어코 환계라니!
가출에서 출가로 다시 출출가로
운수납자의 길이 처음처럼 늘 그러했듯이
출처어묵出處語默의 팽팽한 날들이여!

이제 그만 대접받는 중노릇이 싫어
할머니 보살들에게 절 받는 게 부끄러워
어색한 주지 소임과 승적을 내던지며
삼각산 화계사 부처님 두 손에
허물 벗듯이 가사 장삼을 돌려주었다

단숨에 은산철벽이 박살 나고
무문관의 없는 문이 저절로 열리니

환계야말로 입산 출가의 본명이 아닌가
삼보일배로 다 닳은 무릎 연골은
온몸 삐걱거리며 빛나는 사리
오체투지로 더 나빠진 두 눈이야말로
살아 청청 진신사리 아닌가

스님, 수경 스님
생사의 한 생각은 이미 다 이루어지고
대체 어디쯤에서 홀로 여여하신지요
맨발로 걷고 걸어 철새 도래지로 돌아오고 있는지요

발꼬랑내 부처님

영하 15도 북풍한설이야 살가운 회초리
강변 천막 속의 서릿발 경전

강화도에서 부산 을숙도까지
한강 남한강 문경새재 낙동강 1500리 길
생명의 강 모시며 봄 마중 나선 순례자들
풍찬노숙 시커먼 폐수의 몸으로
영산강 새만금 금강을 걸어
다시 남한강 한강으로 물꼬를 트며
참회 기도 103일 동안 3000리 길
봄날의 아픈 어깨춤으로 북상하다 보았다
강변 침낭 속에서 애벌레 잠을 청하는데
어디선가 무척 낯이 익은 얼굴들

너무 오래 병든 강물 바라보다
쿨럭쿨럭 뒤척이는 박남준 시인 옆에
어느새 형님 아우가 된 스님 목사님
신부님 교무님 바로 그 옆에
천막이 찢어질 듯 코를 고는 예수님
꼬랑내 발꼬랑내 맨발의 부처님

누대에 걸쳐 흐를 죽음의 장례 행렬
한반도 대운구大運柩의 길을
지우고 또 지우며 허위허위 돌아보면
밀짚모자 푹 눌러쓰고 따라오는 소태산 종사님
강변 갈대밭에 쪼그려 앉아 훌쩍훌쩍
어깨 들먹이는 성모마리아님

먼 길 떠나던 겨울 철새들도
다시 오체투지의 자세로 내려앉았다

날궂이

    21세기 첫 가을 오후, 부슬부슬 비는 내리고 강원도 황지연못에서 출발한 낙동강 도보순례단이 경남 창녕군을 지날 때였다 젖은 깃발을 들고 강변 외딴집을 지나는데, 마흔 초반의 여인이 우산도 없이 뛰어나왔다 창백했지만 콧날 오똑하니 눈썹이 짙은 계란형 미인이었다 홍보물을 주며 반갑습니다, 민족의 젖줄 낙동강을 살립시다 말을 걸어도 묵묵부답, 건장한 어깨에 김이 모락모락 나는 순례자 23명을 따라왔다 허리춤까지 찰랑이는 검은 생머리가 을숙도까지 가 닿을 듯했다

    날은 저무는데 가을비에 젖은 눈썹, 나를 보는 듯 강 건너 먼 산을 바라보았다 아주머니, 저희는 아직 한 시간 더 걸어야 천막을 칩니다 이제 그만 돌아가시지, 하는데 갑자기 두 눈에 쌍심지를 켜면서 뭐라꼬예? 저, 젖줄을 살리자꼬! 멀쩡한 낙동강 말고 내부터 좀 살려 주이소! 물새처럼 온몸 푸르르 떨며 우비 소맷자락을 잡는 것이었다 엉거주춤 꼬리를 빼자 그렁그렁 분노의 눈빛으로 노려보다 휙 돌아서서 뛰어가는데, 흙탕길 젖은 발목이 너무나 가늘었다

    밤새 천막 빗소리가 아랫배를 흥건하게 적셨다 뒤척이던

순례단 막내가 누구라도 한번 가봐야지, 이게 뭐냐고 중얼
거렸지만 아주 잠깐 오줌을 누러 가도 서로 의심의 눈초리
를 거두지 않았으니, 노총각도 시인도 스님도 끝내 잠들지
못했다 내부터 좀 살려 주이소! 이명처럼 부산 을숙도까지
따라오고 지리산까지 따라온 그 살 떨리던 목소리, 그 애틋
한 날궂이가 8년 만에 끝이 났다 간신히 한반도 대운하 공
사를 막았지만 곧바로 4대강 사업이 시작되자 행방이 묘연
한 그 여인의 강변 외딴집도 철거되고 말았다

예전엔 미처서 몰랐어요

난생처음 교과서 밖의 개인 시집을 보았다

고교 자퇴하고 까까머리 절집에서 땔나무 장작을 패고 군불을 지폈다 단지 읽을 게 없어서 불경 대신 세계 명시 선집을 독송하다가 아무 죄도 없이 10 · 27 법난 때 끌려 내려왔다 가출인지 출가인지 너무 민망해서, 어머님께 너무 미안해서 검정고시를 치르고 독학으로 대학입시 공부를 할 때였다 기차를 타고 점촌 동아서점에 참고서 사러 갔다가 김소월 전작 시집 『해가 山마루에 저물어도』 1980년 정음사 초판본을 만났다

책장 뒤에 숨어 주머니 탈탈 털었지만 기차비도 모자랐다 참고서와 바꿀까 훔칠까 말까 소심한 새끼 염소 새끼 노루 새끼, 강 건너 복숭아 수박은 잘도 훔쳐 먹더니 식은땀만 흘리다가 단발머리 문경여고생이 다가오기 직전에 휙 돌아서서 아랫배 허리춤에 집어넣었다 어기적거리며 서점 밖으로 나오자마자 오금아 나 살려라, 간을 빼놓고 온 산토끼처럼 점촌역 측백나무 울타리를 뛰어넘었지만 마지막 기차를 놓치고 말았다

철로에 주저앉아 김소월 시집을 읽었다

해는 벌써 산마루에 저물어 40리 강변 철길 따라 걸었다 주펑 불정 진남터널 구랑리역까지 철교를 건너고 캄캄한 터널, 구멍 숭숭 뚫린 나이롱 터널을 지날 때 다리는 아프고 무섭고 배는 고프고 이까짓 시 때문에, 이깟 시집 때문에 미친놈의 새끼 새 새끼 뻐꾸기 새끼, 운동화 밑창이 헤헤 아가리를 벌릴 때까지 캄캄한 침목 자갈길 걸으며 시집의 뺨을 마구 후려치던 밤이 있었다

　그리고 30년도 더 지난 낙동강의 밤, 지리산에서 경북 안동까지 모터사이클 타고 바람처럼 달려갔다 노래패 징검다리의 위대권이 기타를 치고 아내 강미영이 예전엔 미처 몰랐어요, 소월의 노래를 부르는데 내 귀엔 자꾸 예전엔 미쳐, 예전엔 미쳐서 몰랐어요, 들리는 것이었다
　난생처음 오독의 귀명창이 되었다

안동 귀신 나무

옛 사람들은 집 안팎에 잡귀 쫓는 나무를 심었다는데, 가시 많은 음나무와 대추나무 향나무 회화나무, 그중에서 회화나무는 대신大神이 깃든 나무라 했으니 옛 별자리 28성수 중에 11번째 별, 북방칠사 현무의 하나인 허성虛星의 정을 받아 이 노거수엔 신선이 내려와 살았다는데, 안동댐 가는 길 석주로 아스팔트 한복판에 수령 300년의 회화나무 한 그루가 떡 버티고 서있었으니 귀신 나무, 혼령이 깃든 나무, 마귀가 교미한 나무 등 40년 넘도록 흉흉한 소문의 발원지였다는데

이 나무를 베려던 일꾼이 톱질을 하자마자 즉사하고 말았으니, 1976년 안동댐 건설 진입로를 만들 때 밑둥치 속 컴컴한 구멍 속에서 귀신이 튀어나와 무색무취 일산화탄소의 탈을 쓰고 시내를 휘젓고 다녔다는데, 감히 그 누구도 나서지 않자 월급 5만 원 시절에 6개월 치 30만 원의 현상금이 걸리자 맨 처음 연탄 배달부가 달려들어 가장자리 어린나무를 자르다 죽어버리고, 다시 현상금이 올라 용상동 쌀가게 주인이 낫과 톱으로 밑동을 자르다 말고 집에 돌아간 뒤 며칠째 두문불출, 마침내 새카맣게 타 죽은 시체로 발견됐다는데, 타지에서 포클레인을 끌고 온 사내가 이 나무를 넘어

뜨리려다 거대한 삽날이 부러지자 혼비백산 도망가다 사지
가 마비되고, 바로 그 무렵 안동댐 노동자들이 점심 먹다가
채석용 다이너마이트가 터지는 바람에 한자리에서 24명이
죽고 또 죽었으니, 이 나무를 도로 한복판에 남겨 둔 채 우
회로를 낼 수밖에 없었다는데

　그 이후부터 신목 대접을 받았으니 전국의 무당들이 찾
아와 내림굿을 하고 소원 성취 기도하는 사람들이 줄을 서
는 안동의 명물이자 전설이 되었다는데, 아스팔트 위에서
잘 견디던 나무가 4대강 사업이 시작되던 2008년 8월 22일
새벽 3시, 일도一刀의 예를 갖추지 않은 그 누군가 밑동을
자르고 말았으니, 그 며칠 전에 오토바이를 타던 사내가 이
나무를 들이박고 죽자 그의 형이 깡소주를 마시고 전기톱으
로 보복했다는 소문이 돌았을 뿐 진범이 누구인지, 죽었는
지 알 수 없지만 대성통곡 추모의 발길이 이어졌다는데, 그
다음 해 봄날 죽은 줄 알았던 이 나무 밑동에서 새싹이 돋아
나자 안동 사람들이 철제 펜스를 치며 대대적인 보존 운동
을 벌였지만 2010년 8월 3일 오전 5시 40분, 26세의 두 청
년이 음주 운전 과속으로 이 나무를 들이박는 바람에 마침
내 속 뿌리까지 드러내며 죽었으니, 두 청년은 중상을 입고

마지막 잔뿌리까지 다 뽑아낸 안동시 건설과 직원들은 이미 죽은 나무여서인지 다행히 무탈했다는데

이 나무가 바로 임시정부 초대 국무령인 석주 이상룡 선생의 자택인 보물 182호 임청각의 대문 밖을 지키던 회화나무였다 1911년 1월 5일, 석주 선생이 가산을 정리해 독립자금을 마련한 뒤 친인척 50가구 식솔들을 이끌고 차슬불가 奴此膝不可奴, 무릎 꿇고 왜놈의 종이 될 수 없다며 만주 망명길에 올랐다 1930년대 말 왜놈들이 임청각 기운을 꺾고 맥을 끊겠다며 아래채를 허물고 종택 마당을 가로지르는 철도를 건설했으니 이 만행을 지켜보던 회화나무, 나라 잃고 주인마저 잃은 비운의 이 나무를 또 다시 안동댐 공사 때 아스팔트 한가운데 고립시킨 것이다 석주 선생이 떠난 지 100년 동안 끝끝내 무릎 꿇지 않던 이 땅의 신목다운 신목 하나 허망하게 사라지고 말았으니 일평생 이 나무를 지켜본 동네 어르신이 혀를 끌끌 차며 하이고, 부에나면 남구도 디게 무수와! 남구를 직이면 남구도 사람을 직이고, 강을 직이면 강도 사람을 직인다, 안 글라? 짐승을 살리면 짐승이 우리를 살리고, 산을 살리면 산이 우리를 살린다, 안 글라? 장탄식을 하는데

돌이켜 보니 한반도는 임청각처럼 두 동강이 난 지 너무
오래, 21세기 백주 대낮에도 아스팔트 한복판에 위태롭게
서있는 사람들, 휘휘 둘러보니 이 땅에 신목 아닌 나무가
그 어디 있으며, 살아남아 귀신 아닌 사람이 또 어디 있으랴
지금은 사라지고 없는 회화나무, 그 귀신 나무 그늘 아래서

뭐, 그렇다는 얘기죠

감꽃 지는 밤이면 행여 당신일까, 봉창 문의 옷고름부터
풀었지요 그날 밤 당신이 잔돌 던지며 휘파람만 불지 말고
돌담 넘어, 먹구렁이처럼 창문을 넘어 제발이지 이부자리
속으로 스며들기를!

뭐, 그렇다는 얘기죠 감꽃 다 지고 열녀문 세워진 뒤의
일, 그날 밤 당신이 멀리멀리 보쌈은 아니더라도 성난 멧돼
지처럼 달려들기만 기다렸지요 불귀, 불귀의 날들은 더 이
상 머리를 감지 않고 참빗으로 긴 머리 곱게 빗을 일도 없
으니 그 감나무에 나 홀로 목을 매기 전까지는 뭐, 그랬다
는 얘기죠

섬진강 변 그 빈집의 감나무에 땡감 다 떨어지도록 장맛
비 오시던 날, 서른다섯의 아직 젊은 서울을 버리고 당신의
뒤늦은 구렁이로 이사를 왔지요 이미 땡감 다 떨어지고 열
녀문 다 부서진 뒤의 일이지만, 문자 한 통 없는 핸드폰과
인터넷 창을 닫고 오래도록 머리카락이며 콧수염 길렀지요
그냥 뭐, 그렇다는 얘기죠

당신의 얼굴 떠올리니 귓속이 윙윙거리고 아랫배 창자가

꼬이네요 당신의 냄새라도 맡으려니 혓바닥에 신물이 고이
고 손발이 저리네요 당신의 눈썹에도 불귀, 불귀의 바람이
부나요? 뭐, 뭐, 그냥 그렇다는 얘기지요

염 殮

오뉴월 지독한 밤꽃 냄새로부터 편지가 왔습니다

마산우체국 사서함 7-1013, 초식동물처럼 두 눈이 큰
불알친구 국이였지요 지리산에 깃들어 사는 동안 마산교도
소 16척 담장 아래 7년째 복역 중이었습니다 친구야, 내 어
쩌다 울컥하는 바람에 한 사람의 목숨을 염하고 이곳에 왔
다네!

순간 목울대가 철커덕 쥐덫에 걸린 듯 목숨을 염하고의
염 자 송곳이 두 눈을 찔러왔습니다 이제는 불륜의 밤꽃 냄
새, 피 냄새를 지우고 교도소를 한 채의 절이라 생각하며,
동료 죄수들을 도반 삼아 수행 중이라 했지요 한때는 참새
새끼를 잡아다 키워보고 동무 삼아 지네들도 키워봤지만 다
부질없어 그 마음마저 방생했다지요

법명이 보설普說이라는 국이의 편지, 보탈인지 보열인지
보살인지 잠시 머뭇거리다 목숨을 염하고의 그 염 자 송곳
이 박힌 두 눈으로 어머니의 산 지리산을 바라봅니다 아무
리 생각해도 지리산 칠선계곡의 산토끼는 산토끼답게 살다
가 죽을 권리가 있고, 살모사는 살모사답게 자연사할 수 있

어야겠지요

　하물며, 나는 내 몸을 산 채로 염하고, 값싼 향수나 뿌
리며 날마다 염포만 갈아입었지요 발로참회도 없이 칠성판
에 올라 말로만 볍씨를 씹었지요 밤꽃 냄새 지독한 오뉴월
지리산의 밤

　소쩍새마저 자꾸 관 뚜껑 닫히는 소리로 웁니다

동강할미꽃

섬진강 매화가 피었다 질 때면 나는야 봄바람 난 유목민의 아들, 말안장 위에 야영 장비를 단단히 묶고 북상하는 꽃을 따라 먼 길 나선다 막 겨울잠에서 깨어난 모터사이클 시동을 걸고 가죽 채찍으로 허벅지를 때리며 강원도를 향해 108마력의 슬픔으로 내달린다

지리산 마고할미의 품을 벗어나 내 고향 문경의 할미산성까지 육백 리 길, 사과밭 옆의 어머님께 큰절 두 번 올리고, 다시 정선과 영월의 석회암 절벽 뼝대의 동강할미꽃까지 오백 리 길, 채 녹지 않은 눈길을 엉금엉금 첫돌배기 아이처럼 두 무릎 까지도록 달려간다 아슬아슬 뼝대 위로 손발톱 빠지도록 기어오른다

바로 그곳에 돌아가신 어머니, 길도 없는 벼랑 끝에 외할머니 계신다 아직 어린 소녀처럼 솜털 보송보송한 얼굴들, 일평생 기역자로 굽은 허리 꼿꼿이 세우고 청보라 홍보라 연분홍 하얀 수건을 덮어쓴 채 아리랑 아라리요, 동강을 내려다본다 나는야 돌아온 탕자가 되어 허위허위 뼝대를 기어오르지만 아서라 다칠라, 애야 여기는 길이 없단다 천 리 먼 길 달려와도 끝끝내 가닿을 수 없다

외할머니 시름시름 먼 길 가시며 고구마밭 참깨밭 귀속
골 가는 길을 지우고, 수절 삼십오 년의 어머니는 탱자나무
울타리 사이 이승의 마지막 길마저 숨겨 버렸다 논두렁 밭
두렁 고갯길을 이어온 어머니와 외할머니는 지구의 마지막
인류, 강아지풀 며느리밥풀꽃 하나 못 자라는 고속도로 인
터넷은 뻥뻥 뚫리는데 수천 년 동안 이어온 오솔길들은 이
제 모두 무덤 속에 있다

아서라, 그만 돌아가거라 그예 동강할미꽃들이 다 지고
나면 나는야 여전히 철이 없는 유목민의 아들, 어금니 꽉 깨
물고 모터사이클 시동을 건다 바람의 채찍에 얼굴을 내주며
지리산을 향해 108마력의 비애로 돌아온다

섬진강 달빛 차회
—평사리 연가

섬진강의 동쪽 하동에서 떠오른 아침 햇살은 그대의 얼굴을 어루만지고, 희푸른 달빛은 내내 그대 영혼을 비춥니다 맨 처음 그대를 만나던 날, 평사리 청보리밭은 하루 종일 술렁이고, 생각만 해도 입속에 침이 고이는 그대가 나의 신맛이었을 때 온 동네 청매 홍매 백매는 피고 지고, 눈빛 마주치는 가지마다 시큼한 매실이 익어갔지요

그러나 어인 일인지요 흐린 날 초저녁부터 휘이 퓌이, 마치 혼이 빠져나가듯 검은 숲에서 호랑지빠귀가 울었지요 귀를 막아도, 아무리 귀를 틀어막아도 그대가 나의 쓴맛이었을 때 형제봉 철쭉꽃밭은 붉은 상사병으로 더욱 번지고, 신열의 이부자리엔 쓰디쓴 씀바귀만 자랐지요

그리하여 마침내 빨간 물앵두가 익어가던 날 그대가 나의 단맛, 나의 달콤한 맛이었을 때 내 온몸의 구멍이란 구멍은 모두 열려 신록의 산바람 강바람이 불고, 형제봉 활공장에선 패러글라이더들이 날아올랐지요 그러나 다시 그대가 나의 매운맛이었을 때 자꾸 입술이 부르트고 혓바늘이 돋아 평사리 무덤이 들녘에는 떼까마귀들이 울고 그대가 나의 짠맛, 짜디짠 맛이었을 때 눈물의 수위는 자꾸 높아져 하동포

구에서부터 바닷물이 역류했지요

　그랬지요 이를 어쩌나 어쩌나 밤새 달빛 이슬 내리는 평사리 백사장을 걸으며 발자국으로 그대의 이름을 쓰다 보니 이제야 알겠습니다 그대가 나의 단 한 가지 맛이었을 때 그것은 사랑도 아니었으며, 그대가 나의 단 한 가지 맛이기를 강요했을 때 열정과 고통과 절망마저 한갓 미몽이었다는 것을 이제서야 알겠습니다 그대는 이미 나의 다섯 가지 맛, 신맛 쓴맛 단맛 매운맛 짠맛 그 모두였다는 것을! 그대는 나의 산고감신함酸苦甘辛鹹, 그대는 나의 목화토금수木火土金水, 그대는 마침내 나의 지수화풍地水火風, 지리산 수제 작설차요 하동 야생 녹차였다는 것을!

　밤마다 칠성봉에서 달이 떠오르면 평사리 백사장에서 목욕재계하듯이 달빛 사우나를 하며, 그대 영혼의 맑고 푸른 피를 마십니다 오월 신록의 청람靑嵐, 푸른 산기운를 마십니다 그대를 마시며 기꺼이 사랑의 노예, 절절한 그리움의 하인이 됩니다

한반도 종단 열차 타고 신혼여행 가자

늦었다 이미 나는 너무 늦었다 3만 리를 걷고 모터사이클로 110만km를 달려도 언제나 38선 아래 섬이요 다람쥐 쳇바퀴였다

청년들아, 경의선 기차를 타고 신혼여행 가자 한반도 종단 열차를 타고 가다 아직 북한 땅에 내릴 수 없다면 화물칸 짐이 되어서라도 가자 마침내 시베리아 횡단 열차 침대칸을 타고 가다 잠시 바이칼 호수에 들러 알혼섬 맑은 물에 오금 저리도록 목욕재계를 하자 민족 시원의 부르한 바위 앞에서 혼인 서약을 하고 알몸으로 초원을 걸어 자작나무 숲으로 들어가자

걷다가 지치면 20만 원쯤 주고 말 한 필을 사서 천천히 바이칼 호수 한 바퀴 돌아보자 말은 알아서 풀을 뜯어 먹을 것이니 때가 되면 풀밭에서 신생의 아이를 갖자 돌아올 때는 드넓은 초원에 말을 방생하든지 다시 주인에게 15만 원을 주고 되팔자 말은 저절로 자라고 유목민은 5만 원 벌고 너희들은 교통비를 아낀 셈이다 유럽 대학생들이 이렇게 여행을 하더라

청년들아, 한반도는 대륙의 끝이자 처음이다 두려워 마라 겁먹지 마라, 너희들은 곧 가게 될 것이다 한반도 종단 열차를 타고 신혼여행을, 시베리아 횡단 열차를 타고 유럽까지 다녀올 것이다

나는 이미 늦었다만 그래도 너무 늦지는 않았다 너희들이 먼저 가면 모터사이클 타고 따라갈 것이다 실크로드를 달리고 세계 일주를 하다가 끝끝내 길 위에서 죽어도 그리 나쁘지 않을 것이다

청학동에선 길을 잃어도 청학동이다

울지 마라 길 위에서 길을 잃어도 그 또한 길이다 아주 먼 옛날 우리가 오기 전에도 지리산은 그대로 여기 이 자리에 있었으며, 아주 먼 훗날 우리가 떠난 뒤에도 섬진강은 마냥 이대로 유장하게 흐를 것이니 너무 촐싹거리며 쟁쟁 바동거리지 말자

아주 오래전에 두 마리 학이 날아와 둥지를 틀었으니 쌍계청학 실상백학이라 지리산의 남북으로 청학동과 백학동이 있었다는데, 천 년 전의 고운 최치원 선생은 두류산하 청학동에 와서 청학동을 찾지 못하고, 아니 찾으려고만 했지 끝끝내 만들지 못했다 남명 조식 선생의 대성통곡은 천왕봉 천석들이 종을 울리고, 매천 황현 선생은 절명시를 남기며 두 번이나 자결하고, 비운의 산 사나이 이현상 선생은 빗점골에서 총을 맞고, 우천 허만수 선생은 스스로 지리산의 풀과 나무와 이끼가 되었다 청운 백운의 꿈은 마고할미 천왕할매와 더불어 지리산의 전설과 신화로만 남았다

바야흐로 때가 무르익었으니 다시 백학 청학의 무리들이 날아들자, 고운 선생이 돌아와 형제봉에서 악양동천 내려다보며 이중환의 택리지를 읽으며 고개를 끄덕이고, 남명

과 매천 선생이 7250만 개의 싸리 회초리를 가다듬으며 네이놈들아, 어서 종아리를 걷어라 호통을 치고, 화산 이현상 선생이 돌아와 골골이 단풍을 물들이자 우천 허만수 선생이 지리산 케이블카 철탑 예정지에 심장과 허파와 생간을 내다 걸었으니

아주 오래전부터 지리산 중에 청학동이 있었고 3000명의 신선들이 매일 먹어도 쌀이 나오는 동굴이 있었다는데, 그 동굴이 거대한 항아리 모양의 악양동천이면 어떻고 화개동천이면 어떻고 구례 평야면 또 어떤가 섬진강 건너 백운산에도 백학동이 있었다는데, 신선의 신神은 하늘과 땅의 이치를 보고 아는 사람이요, 신선의 선仙은 산에 가까이 사는 사람이니 말 그대로 신선은 하늘과 땅의 이치를 아는 산사람이 아닌가

지리산에서 벼농사를 짓고 대봉 곶감을 깎는 사람이 곧 신선이요, 녹차를 덖고 밥을 하고 아이를 낳는 선녀, 집을 짓고 도자기를 굽고 찻상을 만드는 선남, 천연 염색하고 손두부 만들고 면사무소 농협 가게로 출근하는 선남선녀, 사진 찍고 그림 그리고 시 쓰고 기타 치는 신선들이 있으니 굳

이 청학동을 찾아 헤매지 마라 수처작주隨處作主라, 앉은 자리가 바로 꽃자리니 마침내 날마다 스스로 청학동을 만드는 사람들, 그리하여 지리산하 청학비지 바로 지금 이곳에서 두 눈에 핏발이 선 채로 아직 신선이 되지 못한 사람들만 불쌍한 것이다 하지만 그마저 신선, 아주 잠깐 불쌍한 신선이 아니신가

이보다 더 좋을 수 없는 곳이 청학동이요, 이보다 더 나쁠 수 없는 곳 또한 바로 청학동이니 대체 어디냐고, 백학동은 또 어디냐고 묻지 마라 바로 지금 여기 오늘의 잔치 한마당이 청학동의 현현이니 청학동은 정말로 있었다고, 아주 먼 훗날 전설처럼 대대로 전해지리니 대체 어디냐고, 청학동이 어디냐고 너무 촐싹거리며 쟁쟁 바동거리지 말자 청학동에선 잠시 길을 잃어도 청학동이다

마침내 바보들이 돌아왔다
—고 노무현 대통령 추모시

한 사람이 떠났다 보내야 했다
한 사내가 떠났다 보내야만 했다
한 바보가 떠났다 보낼 수밖에 없었다

이른 아침까지 저승새 울더니
한 시대의 풍운아, 한반도의 고독한 승부사
잠시 눈길 피하는 사이 몸을 날렸다
절망과 환멸의 짙은 그늘 아래 쪼그려 앉아
잠시 고개를 숙이는 사이
역주행 한반도의 먹구름 속에서
발만 동동 구르며 서로 다른 곳을 바라보는 사이
한 사나이가 먼저 온몸을 날렸다

살아남은 우리 뒤통수에 벼락을 내리치며
저 홀로 훌쩍 뛰어내리고야 말았으니
부엉이바위는 절명의 성지
이 시대의 처음인 생사일여 순교지가 되었다

그리하여 한 사람이 떠나고
또 하나의 바보가 돌아오고 있다
비운의 풍운아, 고독한 승부사가 떠나고
마침내 수백 수천만 명의 바보들이 돌아오고 있다

말 안 해도 알제, 잘 알제?
—고 김대중 대통령 추모시

어젯밤 꿈속에 지리산에 오셨다 살아생전 김대중 선생을 한 번도 만난 적 없는 어머님이 소복을 입고 산중 외딴집을 찾아와 밤밭에서 나를 불렀다 야야, 막내야 한 갑자 전에 백범 선상이 가시고 참 마이도 죽었다 그러다 난리가 났다카이 지발, 네 애비처럼 되지 말거래이 말 안 해도 알제, 잘 알제?

1987년 대선 때 내 고향 경북 문경군 마성면 하내리에 공정 선거 감시단으로 잠시 귀향했을 때 어머니는 내내 아무 말도 하지 않았다 군청 강당에서 개표를 하는데 서성국민학교 투표함에서 김대중 표 3장이 나오자 마치 반공궐기대회처럼 술렁거렸다 붉으락푸르락 관료들 앞에서 새마을지도자가 소리쳤다 이 마을에 빨갱이 세 놈이 있었구만, 내 안 봐도 다 안다카이! 비밀투표였지만 다 아는 비밀이었으니 후배 재국이와 나, 그리고 나머지 한 표는 누구일까 찬바람에 깡소주를 마시면서도 내내 궁금했다 이른 새벽 술 냄새 풍길까 봐 막 돌아눕는데 어머님이 혼잣말처럼 말했다 내는 안다, 저 선상님은 간첩이 아이라카이, 그렇제?

그로부터 딱 10년 뒤에 어머님이 돌아가셨다 내일은 좋은

일 안 있겠나? 나 가고 나믄 니도 인자 험한 일 좀 고마 하
거래이 수절 35년의 어머님이 밤나무 가지를 타고 날아오르
자 바로 그 다음 날 선생은 대통령이 되었다 장례식 날 불효
막심하게도 감사의 큰절을 올렸다 어무이, 발목을 놓아주
시니 고맙심더 이제 내는 서울에서 별로 할 일이 없어졌심
더 마침내 사표를 던지고 지리산에 들어왔다

그리고 다시 10년 뒤 어머님 제삿날 무렵에 정권이 바뀌
었다 노무현 순명殉名의 충격으로 이미 몸의 반쪽이 무너지
고, 88일 만에 선생의 나머지 반쪽마저 무너지고 역주행 한
반도가 다시 20년 전 아니 60년 전으로 돌아갔다 나는 무작
정 4대 강을 따라 걷기만 하다가 꿈속에서 어머님을 다시 만
났다 야야, 막내야 정신 바짝 차리거라 한 갑자 전에도 선상
이 가시고 참 마이도 죽었다 그러다 난리가 났다카이 말 안
해도 알제, 잘 알제?

그러나 아직 어머님의 말뜻 몰라 곰팡내 나는 『송하비결』
까지 들추는데 백호쟁명살이 심상치 않다 산 아래 핏빛이
돈다(山下血光) 도시 가운데가 불타고 연기가 오른다(都中焚煙)
꺾이고 꺾이고 벗겨지고 벗겨지리라(折折剝剝) 예언서는 불

행의 경계일 뿐이지만 시대의 큰어른들이 다 떠난 뒤에 누가 있어 이 광풍을 잠재울 것인가 한낱 종이 쪼가리 비결을 찢으며 물었다

어무이, 눈물의 값에 외상이 있능교, 참말로 피의 값에도 외상이 있능교?

행복한 밥상
—실상사 작은학교 10주년에 부쳐

그 아이들은 모두 어디로 갔을까 서툰 톱질 망치질로 자기 책상 걸상부터 만들고, 약사전 옆 컨테이너 교실에 벽화를 그리던 아이들, 쑥을 먹으면 온몸에 쑥 냄새 폴폴 나고, 산딸기며 오디를 따 먹고 청보라 혀를 내밀던 고라니 같은 그 아이들은 모두 어디에 있을까

너희들이 이곳에 오기 전에 실상사는 묵언 기도 중인 폐사지에 가까웠다 논이며 과수원이며 산비탈 밭에는 허리 굽은 노인들의 관절만 삐거덕거리고, 저녁이면 온 가족이 둥근 밥상에 둘러앉아 야야, 체할라 꼭꼭 씹어 먹거라이! 잔소리 말씀도 콜록콜록 기침 소리에 다 묻혀 버린 울울 절망뿐인 산촌, 창창 슬픔뿐인 농촌이었다 아주 오랜 옛날처럼 다시 지리산의 봄이 와도 농촌은 농촌대로 아이들의 울음소리가 끊긴 유령의 마을, 도시는 도시대로 탯줄이 잘린 실향민들의 집단 수용소였다

그러나 너희들이 온 뒤부터 지리산에 생기가 돌았다 대체 뭔 일이여! 해탈교 석장승이 두 눈을 부릅뜨고, 실상사 천년의 삼층석탑이 자세를 바로잡았다 바로 지금 여기에서 지리산의 아들딸로 입양된 너희들과 더불어 착한 농부의 이름

137

으로, 귀농자 귀촌인의 이름으로 가난하고 소박하지만 행복한 밥상을 차린 지 어느새 10년, 마침내 차일 치고 멍석 깔고 한바탕 잔칫상을 차렸으니 그 옛날처럼 밥상머리에 둘러앉아 즐겁게 밥을 먹자 박 씨 아저씨의 유기농 쌀밥에 구수한 된장으로 상추쌈을 싸 먹고, 지리산 민들레차 감잎차 뽕잎차를 마시자

지리산의 딸 아들아, 어느새 청년이 될 도반들아 보광전 앞에서 도법 스님이 주례 서는 날, 약사전 철불의 손을 잡고 백 년 서약을 할 날도 멀지 않았구나 마침내 우리들의 밥상 위에 저 푸른 지리산이 오르기 시작했으니 날마다 하루 세끼 온몸을 열어 지리산을 받아들이자 지리산을 먹고 온몸 지리산의 푸른 눈빛이 되자 더불어 온 마음을 열어 섬진 강을 마시고 온몸 섬진강의 맑은 물결이 되자 그리하여 세상 그 어디를 가더라도 모두가 지리산이요 섬진강 아니더냐 지리산의 아들딸들아 아침저녁 애타게 부르는 실상사 종소리가 들리느냐

너희들이 이곳에 온 뒤부터 지리산에 생기가 돌기 시작했다 달빛 아래 해탈교 석장승처럼 연관 스님이 껄껄 웃고

천년의 삼층석탑, 흰 배롱나무가 마주 보며 덩실덩실 춤을
추기 시작했다

풍등

　서해 맹골수도의 밤은 그 얼마나 캄캄하냐 백 일이 지나
도록 바닷속 깊은 그곳은 또 얼마나 캄캄하고 추우냐 수중
고혼이 된 아이들아, 뒤늦게나마 밤 바닷가에 나와 참회의
풍등을 띄운다

　용서하지 마라 서해의 용이 되더라도 절대 용서하지 마
라 너희들은 교육이 아니라 사육을 받았다 너희들은 학교
가 아니라 밀식 공장에서 왜? 라는 혀가 거세되고 아니오!
라는 성대 제거 수술을 받았다 가만있으라, 가만히 있으라!
어른들의 그 말을 믿다가, 에어포켓과 헬기와 해경과 대한
민국 정부만 믿다가 원망 한 번 못 해보고 살해되고 아, 살
처분 되고 말았다

　아이들아, 수중고혼이 된 아이들아 절대 용서하지 마라
거짓 눈물, 기념사진 찍으며 빠져나갈 궁리만 하는 정부
를, 사이비 종교를, 천민자본주의를 더 이상 믿지 마라 펜
은 칼보다 강하다고 말하는 시인들을, 종교인들을 그리고
뒤늦게 발로참회하는 나를 믿지 마라 먼저 칼을 물고 엎어
져야 할 이들을 더 이상 용납하지 마라 그래야만 너희들이
돌아올 수 있다 인당수에 몸을 던진 심청이, 아무 죄도 없

140

는 심청이로 돌아와야 겨우 한반도가 실눈이라도 뜰 수 있
을 것이다

　달빛도 없는 바닷가에 나와 참회의 풍등을 띄운다 수중
고혼이 된 아이들아, 이 불빛들이 보이거든 날아올라라 하
나둘 불빛 동아줄을 잡고 사뿐히 날아올라라 돌아보지도 말
고 훠이 훠이 삼도천 건너가라 가서 끝끝내 용서하지 못할
별빛이 되거라

다시 한 번 묻겠다

왼손이 오른손에게 묻는다 나 없이도 잘 살 수 있겠니?
화개천이 섬진강에게 너 없이 내가 어디로 흐를 수 있겠니?
그래, 너 없이는 내 이름마저 없겠지 나는 지금 한반도의
운명에 대해 말하고 있다 지리산 문수골의 겨울밤, 동면 굴
에서 마주친 지리산 반달곰에게 북쪽에서 온 아직 어린 반
달가슴곰이 묻는다 아직도 나는 너의 적이냐? 칡넝쿨 아래
더벅머리 빨치산이 벌떡 일어나 중산리 빨치산토벌기념관
을 바라본다 나는 지금 모국어의 절망에 대해 말하고 있다

다시 묻는다 금강산 일만 이천 봉 바위들이 묻는다 내 오
래도록 지켜보고 있었나니 너는 아직도 내선일체 조센징이
냐, 아메리칸이냐? 부인해도 죽고 인정해도 죽을 것이니 지
리산 와운마을의 천년송이 다시 묻는다 내 오래도록 지켜
보고 있었나니 전쟁 불사 배수진뿐이냐? 인정해도 죽고 부
인해도 죽을 것이니 너의 조국은 대한민국이냐, 한반도냐?
조선민주주의인민공화국이냐, 모국어냐? 나는 지금 좌심
방 우심실 뜨거운 심장에 대해 말하고 있다

지리산 천년송의 푸른 눈빛, 금강산 일만 이천 봉 바위
들의 우렁찬 목소리로 다시 한 번 묻겠다 민주화를 이루자

마자 세계화에 포위된 너희에게, 입 앙다물고 주체의 깃발 곧추세울 수밖에 없는 너희에게 단도직입적으로 묻겠다 지금 너의 동지는 어디에 있느냐? 너의 주적, 너의 조국은 어디에 있느냐? 잔머리 굴리지 마라 나는 지금 간사한 혓바닥에 대해 말하고 있다

    다시 오른손이 왼손에게 묻는다 나 없이 잘 살 수 있겠니? 나는 지금 토벌대와 빨치산 형제를 둔 어머님께서 남몰래 장독대 위에 올리던 정화수를 얘기하고 있다 다시 내가 나에게 묻는다 인정해도 살고 부인해도 살 수 있는 생명평화의 깃발은 도대체 어디에 있느냐? 부인해도 살고 인정해도 용서받을 수 있는 모국어의 깃발, 동맥의 한반도 종단열차가 연결되고, 길이란 길은 모두 강물처럼 흐르는 한반도 상생의 깃발은 도대체 어디에서 나부끼고 있느냐? 나는 지금 가난할지라도 더불어 행복한 밥상의 안부를 묻고 있다

지상의 은하수여

나 아직 어렸을 때 낙동강 상류에 살았지요 어둑어둑 구랑리 강둑길에 쪼그려 앉아 점촌장에 간 어머니를 기다릴 때면 단지 배가 조금 고팠을 뿐 구랑비리 휘감아 도는 강물의 낮은 목소리가 있어 외롭거나 무섭지 않았지요

물수제비 날리며 강에게 말을 걸다가 어머니가 나의 뺨에 얼굴을 비비듯이 나 또한 오래도록 강물의 눈빛에 나의 눈빛을 맞추었습니다 강물의 입술에 나의 입술을 맞추고, 강물의 귀에 나의 귀를 기울이고, 강물의 코에 나의 코를 비비고, 강물의 손에 나의 손을 내밀었습니다 이전에도 강물은 꼭 그렇게 어머니처럼 흐르고 이후에도 강물은 어머니처럼 흘러왔지요

그러나 강은 이제 그날의 강물이 아니었습니다 예전처럼 얼굴을 비비려 해도 강의 눈빛은 벌겋게 충혈돼 있고, 강의 입술은 새파랗게 질려있고, 강의 귀는 찢어지고, 강의 코는 문드러지고, 강의 손은 뭉개지고, 강의 내장마저 다 파헤쳐지니 대체 이 무슨 악몽인지요 한반도 유사 이래 이 무슨 역천의 대재앙인지요

강변에서 발만 동동 구르다 종교인들과 걸었지요 2008년 1월부터 4대강 3,000리 길을 103일 동안 걸었지요 생명의

144

강을 모시는 순례단은 강을 따라 걷고 또 걸으며 두 눈 똑바로 뜨고 보았지요 한반도 대운하라는 유령이 4대강을 뒤덮더니 치수의 뱃길 물길로 가면을 바꿔 쓰고, 후안무치의 사기꾼처럼 슬그머니 물류 혁명과 관광에서 또다시 강 살리기로 그 이름표만 바꾸는 것을

  이미 처방전이 내려진 장염이나 비염 정도의 환자를 사망 직전의 중환자처럼 수술대 위에 묶어놓고 전신마취 주사를 놓았지요 포클레인과 대형트럭으로 강의 내장인 자갈이며 모래며 물버들이며 갈대를 걷어내고, 강의 명치와 목울대와 인중 이마 정수리에 철근을 박으며 강의 배꼽과 척추 마디마디에 콘크리트 옹벽을 쳤지요 수변습지에 탈모의 항암치료제를 투여하며 강의 얼굴에 함부로 성형수술을 하려는 것을 두 눈 똑바로 뜨고 보았지요

  그러나 이전에도 강물은 어머니처럼 흐르고 이후에도 강물은 꼭 그렇게 흘러야 합니다 그리하여 다시금 강변에 나아가 어머니가 우리 이름을 부르듯이 낙동강이여, 남한강이여, 영산강이여, 금강이여, 그 눈물겨운 이름들을 목 놓아 부르며 마침내 위기에 처한 저 강들의 안부를 물을 때가 왔습니다

우리가 애써 외면하거나 우리가 곤하게 잠들어도 밤마다 저 강물 위로 별들이 내려왔습니다 지상의 모든 강은 별들이 흐르는 은하수였으니 이제 우리도 날마다 저 강에 나아가 별 하나에 나의 촛불 하나를 켜고, 별 하나에 너의 촛불 하나를 켜고, 버들치며 풀이며 강변 당산나무에도 촛불을 켜다 보면 별들의 강이여, 촛불이 흐르는 우리들의 강물이여! 아아, 빛나면서 되살아 흐르는 지상의 은하수여! 대재앙의 악몽은 말 그대로 아주 잠깐의 악몽일 뿐, 우리도 저 강물처럼 유장하게 미래 세대에게 흘러가야겠지요

그리하여 두 눈을 감아도 마침내 환하게 다 보입니다 백년 천 년 뒤에 아직 어린 누군가 강변에 나와 강물의 눈빛에 저의 눈빛을 맞추고 있습니다 강물의 귀에 가만히 저의 귀를 기울이고, 강물의 손에 살그머니 저의 손을 내밀고 있습니다 우리는 모두 저 푸른 생명의 강, 어머니의 젖을 빠는 한 마리 어린 물고기입니다

등 뒤에 지도가 새겨진 사내

그 사내의 등 뒤에 전국 지도 문신이 새겨져 있다

모터사이클 타고 861번 지방도를 내달리다
당산나무 그늘 아래 등 뒤의 지도를 펼치면
강원도 평창의 물매화가 피어나고
화악산 금강초롱꽃이 청보라 등불을 켠다
산 너머 첫사랑, 그 누군가의 아내가 살고
이화령 아래 고모산성 사과밭 바로 그 옆에
부모님의 무덤이 지도 위로 솟아오른다

해남 땅끝도 멀지 않다
전국 지도 위의 한 뼘이 삼백 리
족히 한 시간이면 달려갈 수 있으니
지리산에서 서울까지 네 뼘
강원도 고성까지 다섯 뼘 반
백두산이 열 뼘, 바이칼 호수가 스무 뼘
잠 안 자고 내달리면 겨우 하룻길이 아닌가

그 사내의 등 뒤엔 붉은 신호등이 없지만
한반도 북쪽은 그대로 접혀 있다
언제나 지도에 안 나오는 집이 제일 멀다

해 설

몽유운무화夢遊雲霧花의 견자

홍용희(문학평론가)

이원규는 이 땅의 진정한 지리산인智異山人이다. 그는 20
여 년 동안 "안개 치마를 입고 구름 이불 덮어"쓰는 지리산
"몽유운무화夢遊雲霧花" 속을 가로지르며 스스로 "야생화"가
되고 "적막"이 되고 "별똥별"이 되어 흐드러지고 꿈꾸고 노
래해 왔다. 그래서 그의 삶은 곧 지리산의 살아있는 자연지
리이고 인문지리이다.

지리산이란 무엇이며 어떤 곳인가? 한반도의 등뼈를 이
루는 백두대간의 산줄기가 남해 앞에서 마지막 여세를 몰
아 용솟음치며 만들어진 영지로서, 금강산, 한라산과 더불
어 우리 민족의 삼신산三神山의 하나이다. 지리산의 면적은
3개 도 1개 시 4개 군, 15개 읍면을 아우르는 471,758㎢나

된다. 웅장하고 넉넉하고 아늑한 지리산의 산세는 영·호남의 지붕으로서 이 지역 사람들의 성지이며 살림의 터전이다. 지리산의 북쪽으로는 만수천-임천-엄천강-경호강-남강-낙동강이 이어지고, 남쪽으로는 섬진강이 굽이쳐 생명의 젖줄을 이룬다. 그러나 물론 지리산의 진면목은 이러한 크고 넓고 깊은 산과 강의 형세만이 전부가 아니다. 지리산에는 계곡만큼이나 그늘진 굴곡을 겪으며 살아온 사람들의 역사가 면면하게 이어지고 있다.

　이원규의 시 세계에는 바로 이러한 지리산의 자연사와 인간사가 넌출거리며 어우러져 살고 있다. 물론 여기에는 지리산인이 된 그의 삶의 내력도 가세하고 있다. 먼저 그가 지리산인이 된 과정을 살펴보면 다음과 같다.

　98년 5월 8일자 신문을 덮어쓰고 누웠다가

　벌떡 일어나 생수병의 맑고 찬 소주를 마셨다

　사표를 던지고 빙하기의 바퀴벌레 더듬이를 세운 채

　서소문 빌딩 8층 내 의자에서 아주 잘 보이는

　서울역 노숙자로 스며든 지 열흘째 밤이었다

　이만하면 됐다, 시인 박봉우식의 서울 하야식!

　환멸의 도시를 떠나는 게 아니라 나도 나를 못 믿겠으니

　제발이지 불귀 불귀 불귀, 주문을 외며

　하나 남은 더듬이마저 담뱃불로 지져버리고는

　전라선 구례구행 밤 기차에 올랐다

바로 어젯밤 같은 20년 전의 일이었다

나이 들수록 단지 물빛은 그 눈빛이 아니었으므로

겨우 맑은 물 한 모금 마시러 지리산까지 왔다

…(중략)…

고운 선생의 세이암 아래 두 귀를 씻고

달빛 어른거리는 당몰샘의 천년고리 감로수

생니 시린 해발 1320m 임걸령의 옹달샘

빗점골 폭포수와 칠불사 찻물 한 바가지

첫 햇살 받으며 똑똑 떨어지는 서출동류 석간수

그 물 한 방울의 목소리 들으러 섬진강까지 왔다

큰 산 푸른 숲의 배꼽에 얼굴을 묻고

입술 부르튼 고라니가 와서 마시고

혓바닥 마른 산새들이 먼저 와서 마시는

맑은 물 한 모금이 되려고 전라선 밤 기차에 올랐다

　　　　　　　　—「단지 그 물맛이 아니었으므로」 부분

　시적 화자는 20여 년 전 "서소문 빌딩 8층 내 의자"를 훌쩍 버리고 떠난다. "사표를 던지고 빙하기의 바퀴벌레 더듬이를 세운 채" "서울역 노숙자" 생활을 자청한다. 지리산행을 위한 혹독한 "하야식!"인 셈이다. 그렇다면 그가 "전라선 구례구행 밤 기차"에 오르고자 한 주된 이유는 무엇인가? 그것은 "단지 물맛이 그 물맛이 아니었"기 때문이다. "맑은 물 한 모금 마시러" "첫 햇살 받으며 똑똑 떨어지는 서출동류 석간수/ 그 물 한 방울의 목소리 들으러” “전라선 밤 기차에” 오른다. 그는 이처럼 절박하게 지리산의 “물”을 마시고 그 소리를 듣고자 한다. 그리고 더 나아가 스스로 “혓바닥 마른 산새들이 먼저 와서 마시는/ 맑은 물 한 모금이 되려고” 한다. 그가 이처럼 물과 더불어 살며 스스로 물이 되고자 한다는 것은 물의 원형적 성정을 내면화하고자 하는 것이다. 그에게 “물”은 단순히 물질적인 질료의 차원에 그치는 것이 아니라 생명과 정화의 신화적 상징에 상응하는 것으로 해석된다. 그에게 물이 “환멸의 도시”에서 훼절되어 가는 자신을 새롭게 정화하고 신생시키는 제의적 세심洗心의 성수로 작용한다.

“물”을 찾고 더 나아가 스스로 그 “물”이 되고자 하는 시적 화자에게 자연은 “눈을 감아야 보이는 것들/ 도시를 꺼야 비로소 보이는 것들”(「별빛 내시경」)을 “샤워”처럼 아낌없이 퍼부어 준다.

> 눈을 감아야 보이는 것들
>
> 도시를 꺼야 비로소 보이는 것들이 있다
>
> 반딧불이 은하수 가물가물 첫사랑의 눈빛
>
> 두 눈이 멀기 전에 캄캄한 곳으로 가자
>
> 예감의 더듬이 다 바스라지기 전에
>
> …(중략)…
>
> 별빛을 사냥하다 슬그머니 별들의 포로가 되자

바이칼 호수에서 맨 처음 목욕재계하듯이

산꼭대기에서 훌훌 옷을 벗고

기막힌 정수리에서 용천혈까지 별빛 샤워를 하자

하룻밤 굶으며 위내시경 검사를 받고

오금 저리도록 별의 별의 별의 별 침을 맞아보자

—「별빛 내시경」부분

"도시를 꺼야 비로소 보이는 것들이 있다". 도시를 밝히는 환한 불빛이 오히려 많은 것들을 보지 못하게 하고 있다는 것을 가리킨다. 도시의 불빛은 "두 눈"과 "예감의 더듬이"를 퇴화시키기도 한다. "빛 공해"가 없는 곳에 당도하자 "별빛 샤워"를 즐기게 된다. "별의 별의 별의 별 침"이 "오금 저리도록" 하는 전율을 불러일으키기도 한다. 도시가 빼앗아 갔던 밤의 충만한 세계를 회복한 것이다. 이것은 물론 퇴화되어 가던 "두 눈"과 "예감의 더듬이"의 회복을 가리키기도 한다.

한편, 이와 같이 시적 화자가 지리산의 깊은 어둠에서 자신의 삶의 원상을 되찾고 몸의 감각을 회복하는 데에는 남다른 산사람의 유전형질도 없지 않을 것이다. 그의 간곡한 가족사를 보여 주는 다음 시편은 이를 드러낸다.

구레나룻 아저씨를 처음 보았다

구랑리역 솔숲의 청설모는 알아도 다섯 살의

나는 아버지가 아버지인 줄 몰랐다

해 질 무렵 비칠비칠 산 그림자로 내려와
네 어무이 어디 갔노? 자, 장에 갔는데요
엉거주춤 털보 아저씨가 나를 껴안았다
진갈색 장난감 말 한 마리 쥐어주고
구랑리역 캄캄한 솔숲으로 꼬리를 말아 넣었다

강변 자갈 마당엔 쉬쉬 장작불이 타오르고
마을 사람들은 부고장도 없이 화장을 했다

…(중략)…

어머니는 저승 삼팔장에 가신 지 스물두 해
아버지 나이보다 열 살 더 먹도록
나는 장난감 말 대신 모터사이클 갈아타고
지구 스물일곱 바퀴, 무장무장 백십만 킬로미터를 달렸다
　　　　　　　　　　—「네 어무이, 어데 갔노?」부분

　시상의 정조가 하염없이 처연하고 애잔하다. "다섯 살"
아이에게 "구레나룻"의 "산 그림자"가 말한다. "네 어무이
어디 갔노?" 아이는 대답한다. "자, 장에 갔는데요". 이 무
덤덤한 대화가 부자간의 처음이자 마지막 대화이다. 그러나

"다섯 살" 아이는 그것이 아버지와의 대화라는 것조차 미처 알지 못한다. 세월이 지나고서야 "산 그림자"로 내려왔던 "구레나룻 아저씨"가 "지서에 불 지르고 월악산 갔"('참빗)던 빨치산 대원, 아버지라는 것을 알게 된다. 아버지는 "부고 장도 없"이 이승에서 "화장"으로 완전히 사라졌지만 그러나 "나를 껴안"은 후 "캄캄한 솔숲"으로 사라졌던 "산 그림자"는 세월이 지날수록 가슴속에 더욱 강렬하게 되살아난다. 그래서 시적 화자에게 "산 그림자"는 또 다른 자신의 내적 모습이 된다. 따라서 그가 "달이 차오른다 가자, 달이 차오른다 가자"('늙막에 달빛 차오르다)는 신명에 맞추어 "장난감 말 대신 모터사이클 갈아타고" 산중을 무진장 달리는 것은 그의 유전형질이며 체질이라고 해도 무방할 것이다. 이와 같은 자의적 선택과 내적 형질에 따라 지리산인이 된 이원규는 어느새 지리산의 내밀한 밀어는 물론 지리산에 의지해 사는 사람들의 "일생 단 한 편의 시"들을 듣고 공명하고 노래할 수 있게 된다. 다시 말해 그는 지리산의 견자見者로 거듭나게 된 것이다.

주지하듯, 프랑스의 시인 랭보는 이장바르에게 보낸 편지에서 "견자란 세계의 본질을 꿰뚫어 보는 능력을 지닌 사람입니다. 인습적 관념과 함께 모든 제약에서 벗어나고 자신의 영혼을 인식해야 합니다. 신의 목소리를 내는 예언자가 되어야 하고 숨겨진 모습을 투사할 수 있어야 합니다"라고 쓰면서 자신이 지향하는 견자見者의 시인의 개념을 정리한다. 이를 이원규에게 적용하면, 그는 지리산의 내면 풍

경을 직시하고 지리산을 통해 자신의 영혼은 물론 지리산과 더불어 살아가는 사람들의 숨겨진 모습을 모든 인습과 제약을 벗어나서 감지하고 감각화하고 있는 것이다.

그는 "비 오면 날궂이 하듯이 산에 올라/ 안개와 구름 속에 내 얼굴을 가리고/ 아무도 봐주지 않는 야생화를 찾아" 다닌다. "빗속에 텐트를 쳐놓고/ 온몸에 슬슬 푸른 이끼들이 자랄 때까지"(「몽필생화」) 지리산과 깊숙이 동화되어 간다. 그리하여 그는 지리산의 자연 리듬과 소리에 대한 수평적 교감과 공명이 가능해지게 된다.

① 개가 짖는다고 따라 짖으랴

그 뉘시오?
외딴집 앞마당에 홍매화 피는지
강물 속으로 황어 떼 오르는지
바람결에 쿵쿵거릴 뿐

　　　　　　　　　　　　　　　—「적막」 부분

② 몸이 무너져야 비로소 보이는 것들

…(중략)…

바위 뒤에 숨은 아이

산그늘에 깊이 무너진 남자

아예 얼굴을 지워버린 여자

안개 치마를 입고 구름 이불 덮어쓴

몽유운무화夢遊雲霧花

저 홀로 훌쩍이는 꽃을 찾아

―「몽유운무화」 부분

③ 백운산 햇살이 저의 흰 붓을 들어

에헤라 노아라

소학정의 백 년 매화나무를 지목하자

저요, 저요

허리춤의 잔가지 하나가 번쩍 손을 들었다

해마다 맨 처음

보살도 아니 부처도 아닌 것이

시무외인施無畏印의 오른손을 들었다

―「섬진강 첫 매화」 부분

시 ①은 "적막" 속의 역동을 직시하고 있다. 세상은 아무 소리 없이 "적막"한데 "개가" 짖고 있다. 적막 속에서 적막의 힘으로 "홍매화 피"고 "강물 속" "황어 떼"가 뛰어오르고 있었던 것이다. "적막" 속에서 "개가 짖"었던 이유도 여기에 있다. 이미 시적 화자는 "개"의 몸의 감각과 동일한 경지에 도달하고 있다. 자아를 내려놓음으로써 우주적 자아를 향유하고 있는 형국이다.

시 ②에서 자연은 '타자의 얼굴'로 다가온다. 자연이 인간 중심의 억압적인 대상이 아니라 수평적인 인격체로 존재한다. 그래서 "야생화"가 "아이/남자/여자"의 얼굴로 인격화되어 다가온다. 이때 대상의 본모습이 제대로 인지된다. 그래서 "몽유운무화" 속의 "저 홀로 훌쩍이는 꽃"들의 정감과 음성을 친숙하게 들을 수도 있게 된다. "몸이 무너져야 비로소 보이는 것들"이 그의 앞에 즐비하게 다가오고 있는 것이다.

시 ③은 산속의 "매화나무"에 꽃이 피는 신묘한 연기緣起 과정에 대한 직시이다. "백운산 햇살"의 "흰 붓"에 대한 "소학정의 백 년 매화나무"의 감응이 "섬진강 첫 매화"가 탄생하는 계기이다. 몸의 시각과 청각으로는 감지되지 않는 섬세한 교감의 형상이다.

이와 같이 시적 화자는 어느새 자연의 내적 근원을 투사하고 인습적 관념의 제약을 넘어 이면의 본모습을 자재롭게 그리는 견자의 면모를 드러내고 있다. 그의 이와 같은 견자의 면모는 자연뿐만이 아니라 지리산 인근의 질박한 민초들의 삶에서도 동시에 나타난다.

① 한평생 고무신 털신 행여나 오밤중에 버선발로 지새다

이래 못난 발톱에 삼세판 봉숭아 꽃물 들이뿌니

홀로 저승길, 저 캄캄한 길도 인자 꽃 등불 환하다카이!

—「발톱마다 꽃 등불」부분

② 내 다 알제라, 훤하게 알고말고잉

저눔의 소쩍이가 워디 워디로 밤마실 댕기는지

으미 흐미, 오줌보 터져불겠네잉

—「소쩍새의 길」부분

③ 이왕지사 물 살리자고 나선 길

세수 빨래도 하지 말자

대운하 반대니 운동이니 다 내려놓고

강물처럼 흐르면서 온몸 더러워지자

—「순례자의 양말」부분

　시적 화자는 지리산과 함께 살아온 사람들의 "일생 단 한
편의 시"를 대필하고 있다. 시적 화자가 "몸이 무너져야 비
로소 보이는 것들"을 향하는 자세로 귀를 기울이자, 민초들
의 "일생 단 한 편의 시"가 온전히 들리는 형국이다. 접어놓
은 부채와 같이 응축되어 있던 삶의 신산스런 주름 속에서
불쑥 솟아오른 말들이 어느 시인의 시보다 눈부신 "일생 단
한 편의 시"라는 것이다.

시 ①의 화자는 발톱에 봉숭아 꽃물 들인 할머니이다. "한평생 고무신 털신 행여나 오밤중에 버선발"이 할머니의 간단치 않은 고단한 일생을 함축적으로 드러낸다. 할머니의 생뚱맞은 "봉숭아 꽃물"에 대해 "홀로 저승길"을 밝혀 줄 "꽃 등불"이라는 말에는 아프고도 슬픈 해학이 묻어 나온다. 한 인생의 전반에 대한 가장 응축적이고 예리한 시적 표상이라고 할 것이다.

시 ②의 화자는 "소쩍새" 울음소리에서 소쩍새의 행동거지와 성정을 환하게 읽어내는 과부 할머니이다. 신음도 탄식도 희열도 아닌 "으미 흐미"라는 의성어가 할머니의 주름진 인생사를 절묘하게 드러내고 있다.

시 ③의 화자는 "대운하 반대"를 위해 "강물 따라 삼천리 길" 순례 행렬에 나선 수경 스님이다. "물 살리자"는 운동이 "온몸 더러워지자"라는 일갈로 수렴되고 있다. 스스로 더러워져야 세상을 맑게 할 수 있다는 역설적 의미가 화두처럼 강렬하게 제시되고 있다.

이렇게 보면, 이원규가 기마족이 되어 모터사이클로 지리산을 거점으로 몽유운무화 속을 "좀 더 춥게, 좀 더 아프게, 좀 더 눈이 부시게"(「갑장 시인 귀하」) 달리는 것은 지리산 견자로서의 자기 수행으로 이해된다. "그 물맛"과 "그 물 한 방울의 목소리"를 듣고 스스로 "맑은 물 한 모금"이 되고자 했던 그의 "하야식"(「단지 그 물맛이 아니었으므로」)에서의 계획은 충실히 실현되고 있는 것이다. 그래서 가끔 "산 그림자"로 내려왔다가 다시 아득히 "지리산 대숲 속으로"(「죽염 처사」) 멀어지는 그의 뒷모습은 때로 비속한 현실을 질타하는 죽비 소리처럼 서늘하게 느껴진다. 지리산인 이원규의 시적 삶은 어느새 "오직 희디흰 뼈의 정신"(「죽염 처사」)을 환기시키는 "첫 햇살 받으며 똑똑 떨어지는 서출동류 석간수/ 그 물 한 방울의 목소리"(「단지 그 물맛이 아니었으므로」)가 되어가고 있는 것이다.